VAMPIRES -1
LA NAISSANCE

J'AI LU

L.J. SMITH

Lisa Jane Smith a toujours voulu devenir écrivain. Elle imagine les intrigues de ses livres dès le lycée et écrit son premier roman lors de ses études à l'Université de Californie. Les rêves et les cauchemars l'ont toujours fascinée. Beaucoup de ses romans, dont la trilogie The Forbidden Game, *sont inspirés de ses propres cauchemars et de ceux de ses amis. Au beau milieu d'un rêve particulièrement effrayant, la seule chose que L.J. Smith espère, c'est de pouvoir s'en souvenir au réveil le lendemain matin pour le transformer en livre !*
Elle vit dans une maison toujours en pleine effervescence, au nord de la baie de Californie, entourée d'un chien, de trois chats et de quelque dix mille ouvrages.

L.J. Smith

VAMPIRES – 1
LA NAISSANCE

Traduit de l'anglais
par Agnès Girard

Éditions J'ai lu

Titre original :

THE VAMPIRE DIARIES
VOLUME 1 : THE AWAKENING

HarperPaperbacks,
a division of HarperCollins Publishers

1

4 septembre

Cher journal,

~~Quelque chose d'horrible va se produire.~~

Je ne sais pas pourquoi j'ai écrit ça. Je n'ai aucune raison d'être angoissée, et toutes les raisons d'être heureuse, mais...

Mais il est 5 h 30 du matin, je suis réveillée et j'ai peur. Je n'arrête pas de me répéter que si je ne suis pas dans mon assiette, c'est à cause du décalage horaire entre la France et ici, mais cela n'explique pas pourquoi j'ai peur. Et pourquoi je me sens si perdue.

Avant-hier, en rentrant de l'aéroport avec tante Judith et Margaret, j'ai ressenti quelque chose d'étrange. Et lorsque la voiture s'est engagée dans notre rue, je me suis dit : « Papa et maman nous attendent à la maison. Ils doivent être sur le perron, ou dans le salon, et nous guettent par la fenêtre. Je leur ai tellement manqué. »

Je sais, ça paraît dingue.

Mais, même en voyant la maison et son perron désert, j'ai continué à penser la même chose. J'ai couru jusqu'à la porte, j'ai essayé de l'ouvrir, j'ai frappé, frappé. Et lorsque tante Judith a ouvert avec ses clés, je me suis précipitée à l'intérieur. Dans l'entrée, je me suis arrêtée pour écouter, persuadée que j'allais entendre maman descendre l'escalier ou papa m'appeler depuis son bureau.

Et puis tante Judith a lâché bruyamment sa valise juste derrière moi et a soupiré : « Ça y est, on est à la maison. » Margaret a ri, et un terrible sentiment de malaise m'a envahie. Jamais je ne m'étais sentie aussi profondément et irrémédiablement perdue.

La maison. Je suis à la maison. Pourquoi ces mots me font-ils l'impression d'un mensonge ?

Je suis née ici, à Fell's Church. J'ai toujours vécu dans cette maison. Il y a encore sur le plancher de ma chambre les traces de brûlures qui datent du jour où Caroline et moi, à dix ans, nous avons essayé de fumer et nous nous sommes presque étouffées avec la fumée. De ma fenêtre, je vois le grand cognassier dans lequel Matt et ses copains avaient grimpé pour nous espionner, mes copines et moi quand nous couchions toutes dans ma chambre, le soir de mon anniversaire, il y a deux ans. C'est mon lit, mon fauteuil, ma coiffeuse.

Mais tout cela m'est étranger tout à coup, comme si ma place n'était pas ici. J'ai le sentiment de n'avoir rien à faire ici, et le pire, c'est que j'ai l'impression qu'il existe un endroit où je serais à ma place, mais que je ne le trouve pas.

J'étais trop fatiguée hier pour faire la rentrée. Meredith m'a pris mon emploi du temps, mais je n'ai pas eu envie de lui parler au téléphone. Tante Judith a dit à tous ceux qui m'ont appelée que je dormais à cause du décalage horaire, mais pendant le dîner, elle m'a regardée avec un drôle d'air.

Aujourd'hui, par contre, il faut que j'aille au lycée. On doit se retrouver sur le parking juste avant le début des cours. Est-ce que c'est ça qui me fait peur ? Est-ce que j'ai peur des autres ?

Elena Gilbert s'arrêta d'écrire. Stylo en l'air, elle relut la dernière ligne, secoua la tête et, soudain, balaya son bureau d'un ample mouvement du bras. Le petit livre à couverture de velours bleu et le stylo allèrent heurter la fenêtre avant de tomber sur le rebord garni de coussins.

Tout cela était complètement ridicule.

Depuis quand elle, Elena Gilbert, avait-elle peur de rencontrer des gens ? Depuis quand avait-elle peur de quoi que ce soit ? Elle se leva, passa nerveusement un kimono en soie rouge. Elle ne se regarda même pas dans le joli miroir victorien de sa coiffeuse en merisier ;

elle savait ce qu'elle il verrait. Elena Gilbert, posée, blonde, mince, toujours à la pointe de la mode, élève de terminale, la fille avec qui tous les garçons rêvaient de sortir et que toutes les filles rêvaient de copier. Et dont le visage revêtait pour l'heure une inhabituelle expression de malaise.

Un bon bain chaud et un café, et ça ira mieux, se dit-elle.

Le rituel matinal de la toilette et de l'habillage lui fit effectivement du bien ; elle prit son temps, passa en revue tous les vêtements rapportés de Paris. Son choix s'arrêta sur un haut rose pâle et un short en lin crème dans lesquels elle se fit penser à une glace vanille-fraise. Tu vas les faire saliver, pensa-t-elle. Et cette fois, un petit sourire mystérieux éclaira son visage. Ses craintes avaient disparu, étaient oubliées.

— Elena ! Où es-tu ? Tu vas être en retard !

La voix, étouffée, montait de la cuisine.

Elena brossa une dernière fois ses cheveux soyeux et les attacha avec un ruban rose foncé. Puis elle attrapa son sac et descendit.

Dans la cuisine, Margaret, quatre ans, mangeait des céréales tandis que tante Judith faisait brûler quelque chose sur la cuisinière. Judith était le genre de femme qui semble toujours un peu troublée. Son visage était fin, ses traits doux, et ses cheveux vaporeux souvent tirés en arrière un peu n'importe comment. Elena l'embrassa sur la joue.

— Bonjour, tout le monde ! Désolée, j'ai pas le temps de déjeuner.

— Elena, tu ne peux pas partir sans rien avaler. Tu as besoin de protéines...

— J'achèterai un beignet en route, répondit Elena avant d'embrasser sa sœur.

— Mais enfin...

— Et puis j'irai sans doute chez Bonnie ou Meredith après les cours, alors ne m'attendez pas pour dîner. Salut !

— Elena...

Mais déjà, elle passait la porte et la refermait sur les protestations de tante Judith.

Dehors, elle s'arrêta net.

Le malaise éprouvé le matin même l'envahissait à nouveau. L'angoisse, la peur. Et la certitude que quelque chose de terrible allait se produire.

La rue était déserte. Les grandes maisons de style victorien qui bordaient Maple Street lui semblèrent étranges, et silencieuses, comme si elles étaient vides, à l'image d'un décor de cinéma abandonné. Vidées de leurs habitants, oui, mais pleines de choses étranges qui avaient un regard.

Oui, c'était exactement ça. Quelque chose l'observait. Le ciel était d'un gris laiteux, opaque, et lui fit l'impression d'une chape de plomb. L'air était étouffant, et Elena fut certaine que des yeux la fixaient.

Dans les branches du vieux cognassier, devant la maison, elle aperçut quelque chose.

C'était un corbeau, posé tranquillement au milieu des feuilles jaunissantes. Et il la regardait.

Elle tenta de se raisonner, de se dire que tout cela était ridicule, mais, d'une certaine façon, elle *comprit*. C'était le plus gros qu'elle ait jamais vu, son plumage noir était brillant, avec des reflets irisés. Elle distingua parfaitement les serres avides, le bec acéré, l'œil noir étincelant.

Il était immobile au point qu'on aurait pu croire qu'il s'agissait d'un leurre. Mais en le regardant, Elena rougit et sentit l'émotion et la chaleur l'envahir par vagues. Parce qu'il la regardait. Du même regard que celui des garçons lorsqu'elle était en maillot de bain ou portait un chemisier transparent. Elle eut le sentiment qu'il la déshabillait du regard.

Sans même se rendre compte de ce qu'elle faisait, elle lâcha son sac et ramassa un caillou.

— Va-t'en de là ! dit-elle d'une voix que la colère faisait trembler. Allez ! Fiche le camp !

Et elle lança le caillou.

Il y eut une explosion de feuilles, le corbeau s'envola sans que la pierre l'ait atteint. Ses ailes étaient immenses, et il faisait un tel raffut qu'on aurait pu croire qu'il y avait plusieurs oiseaux. Elena se baissa, paniquée, lorsqu'il passa juste au dessus d'elle, déplaçant suffisamment d'air pour soulever ses cheveux blonds.

Puis il prit de l'altitude et s'éloigna, silhouette noire dans le ciel gris. Avec un croassement sinistre, il disparut en direction de la forêt.

Elena se redressa lentement, puis regarda autour d'elle, gênée à l'idée qu'on ait pu la voir. Elle ne comprenait pas son geste, mais maintenant que l'oiseau était parti, tout semblait normal. Une petite brise vint agiter les feuilles, elle respira profondément. Un peu plus loin dans la rue, une porte s'ouvrit et des enfants sortirent en riant.

Elle leur sourit, inspira une nouvelle fois profondément, sentit le soulagement se répandre en elle. Comment avait-elle pu réagir aussi bêtement ? C'était une belle journée qui commençait, pleine de promesses, et rien de mal n'allait arriver.

Sauf que... elle allait être en retard au lycée. Tout le monde allait l'attendre. Tu pourras toujours leur dire que tu t'es arrêtée pour lancer un caillou à un voyeur, pensa-t-elle en souriant. Ça leur fera un sujet de discussion.

Et, sans plus un regard vers le cognassier, elle se mit à marcher d'un pas vif.

Le corbeau se posa bruyamment au sommet d'un grand chêne et Stefan leva la tête. Constatant que ce n'était qu'un oiseau, il se détendit.

Son regard se posa à nouveau sur la petite forme blanche inerte qu'il avait entre les mains. Il n'avait pas voulu le tuer. Il aurait choisi quelque chose de plus gros qu'un lapin s'il avait su que sa faim serait aussi tenace. Mais bien sûr, c'était justement cela qui l'effrayait : le fait de ne jamais savoir à quel point il était affamé et jusqu'où il était capable d'aller pour se rassasier. Il avait eu de la chance, cette fois, de ne tuer qu'un lapin.

Sous les chênes centenaires, seuls quelques rayons de soleil filtraient jusqu'à lui, faisaient briller ses cheveux bruns. En jean et tee-shirt, Stefan Salvatore ressemblait à n'importe quel lycéen.

Mais il n'avait rien d'un lycéen.

Dans la forêt, à l'abri des regards, il était venu se nourrir. C'était chose faite, et il se léchait péniblement les gencives et les lèvres pour que toute trace disparaisse. Il ne voulait prendre aucun risque. Cette mascarade allait être suffisamment difficile à mener comme ça.

L'espace d'un instant, il se demanda une nouvelle fois s'il ne ferait pas mieux de renoncer. Il pourrait repartir pour l'Italie, retourner se cacher. Comment avait-il pu imaginer rejoindre le monde de la lumière ?

Mais il en avait assez de vivre dans l'ombre. Assez des ténèbres et de tout ce qui y évoluait. Et surtout, il ne supportait plus d'être seul.

Pourquoi avait-il choisi Fell's Church, en Virginie ? Il n'aurait su le dire exactement. Pour lui, c'était une ville récente, les plus vieux édifices n'ayant que cent cinquante ans. Mais l'endroit était encore hanté par les souvenirs et les fantômes de la guerre de Sécession, qui côtoyaient supermarchés et restaurants fast-foods.

Stefan appréciait qu'on respecte les choses du passé, et il pensait arriver à aimer les habitants de Fell's Church. Alors, peut-être — seulement peut-être — parviendrait-il à trouver sa place parmi eux.

Jamais il n'avait été totalement accepté, bien sûr. À cette idée, un sourire amer incurva ses lèvres. Il savait que, de toute façon, ce n'était pas ce qu'il devait rechercher. Il n'existait aucun endroit où il pourrait se sentir enfin chez lui et être lui.

À moins qu'il ne choisisse d'appartenir aux ténèbres...

Il écarta aussitôt cette pensée de son esprit. Il avait renoncé aux ténèbres, avait laissé l'ombre derrière lui. Toutes ces longues années ne comptaient plus, aujourd'hui, il prenait un nouveau départ.

Doucement, il posa le lapin sur un lit de feuilles mortes. Au loin, trop loin pour que des oreilles humaines l'entendent, il reconnut le pas d'un renard.

Viens, frère chasseur, viens, pensa-t-il tristement. Ton petit déjeuner est prêt.

Jetant sa veste par-dessus son épaule, il remarqua que le corbeau qui l'avait dérangé était toujours perché dans le chêne et semblait l'observer. Ce n'était pas normal.

Il allait envoyer une pensée en direction de l'oiseau afin de l'examiner, mais se ravisa. Souviens-toi de ta promesse, pensa-t-il. Tu ne dois utiliser les Pouvoirs qu'en cas d'absolue nécessité. Quand tu n'as plus d'autre choix.

Il rejoignit l'orée du bois presque sans un bruit malgré les feuilles mortes et les brindilles sèches. Sa voiture l'attendait. Il se retourna et vit que le corbeau avait quitté le faîte du chêne pour se poser sur le lapin. La façon qu'il avait d'ouvrir les ailes au-dessus du corps inerte avait quelque chose de sinistre et de triomphant à la fois. Stefan sentit sa gorge se serrer et faillit revenir sur ses pas pour chasser l'oiseau. Mais, après tout, le corbeau avait autant le droit de se nourrir que le renard.

Et que lui.

Il décida, au cas où il rencontrerait à nouveau l'oiseau, de sonder son esprit. Mais pour l'instant, il avait à faire. Et il fallait qu'il se dépêche, s'il ne voulait pas être en retard au lycée Robert E. Lee.

2

À PEINE ARRIVÉE, Elena retrouva tous ceux qu'elle n'avait pas vus depuis la fin du mois de juin. À son petit groupe d'amis s'ajoutèrent ceux qui, en gravitant autour d'elle, espéraient gagner en popularité.

Caroline avait grandi d'au moins trois centimètres, elle était plus longiligne que jamais et aurait pu faire la couverture de *Vogue*. Elle salua froidement Elena, ses yeux de chat mi-clos.

Bonnie n'avait pas grandi, et sa tête rousse frisée arrivait toujours au menton d'Elena. Tiens, *frisée* ?

— Bonnie ! Qu'est-ce que tu as fait à tes cheveux ?

— Comment tu trouves ? Ça me grandit un peu, non ? dit Bonnie en faisant bouffer sa frange.

Ses petits yeux marron brillaient d'excitation, illuminant son visage en forme de cœur.

Elena passa à la suivante.

— Bonjour, Meredith. Tu n'as pas changé.

Elles s'embrassèrent chaleureusement. Meredith lui avait manqué plus que toutes ses autres amies. Elle ne se maquillait jamais, n'en avait pas besoin, avec son teint mat et ses longs cils bruns.

Elle haussa un sourcil, observant Elena.

— Tu as blondi au soleil, mais où est passé ton bronzage ? Je pensais que tu t'étais doré la pilule tout l'été sur la côte d'Azur.

— Tu sais bien que je ne bronze pas, dit Elena en exposant le dos de ses mains pour confirmer ses dires.

Sa peau était parfaite, comme de la porcelaine, mais presque aussi claire et diaphane que celle de Bonnie.

— Au fait, intervint cette dernière en lui prenant la main, devinez ce que ma cousine m'a appris cet été ?

Et, avant que qui que ce soit ait pu répondre, elle annonça triomphalement :

— À lire dans les lignes de la main !

Il y eut des grognements dubitatifs, et quelques rires.

— Moquez-vous de moi ! rétorqua Bonnie. D'après ma cousine, je suis médium. Alors, dit-elle en regardant la paume d'Elena, voyons voir...

— Dépêche, on va être en retard.

— Bon, bon, d'accord. Alors, ça, c'est ta ligne de vie — à moins que ce ne soit ta ligne d'amour...

Quelqu'un ricana.

— Chuuut ! dit Bonnie. Je dois me concentrer. Je vois... je vois...

Tout à coup, son visage se figea, comme frappé de stupéfaction. Ses grands yeux s'écarquillèrent, mais ils ne semblaient plus regarder la main d'Elena. C'était comme s'ils voyaient à travers... et voyaient quelque chose d'effrayant.

— Tu vas rencontrer un inconnu, grand, brun, murmura Meredith derrière elle, ce qui eut pour effet de provoquer des rires.

— Brun, oui. Et inconnu... mais pas grand, confirma Bonnie d'une voix désincarnée. Enfin... il était grand... autrefois, ajouta-t-elle, visiblement étonnée. Mais c'est impossible, non ? Oh ! Et puis je ne veux plus rien voir pour l'instant.

Et elle lâcha la main d'Elena, la repoussa presque.

— Bon, allez, on y va, dit cette dernière, vaguement énervée.

Pour elle, ces histoires de médium, c'était du bourrage de crâne, rien de plus. Alors pourquoi cet énervement ? Simplement parce que, ce matin, elle n'était pas dans son assiette ?

Le petit groupe se dirigea vers l'entrée du lycée, mais le vrombissement d'un puissant moteur le fit stopper net.

— Eh ben... dit Caroline. Ça, c'est de la voiture !

— C'est de la Porsche, plus exactement, rectifia Meredith.

La 911 turbo noire rutilante cherchait une place sur le parking, avançant telle une panthère traquant sa proie. Quand ce fut chose faite, la portière s'ouvrit, et le conducteur apparut.

— Ouaouh ! murmura Caroline.

— Je suis d'accord, fit Bonnie dans un souffle.

D'où elle se trouvait, Elena vit qu'il était mince et musclé, portait un jean et un tee-shirt moulants et un blouson en cuir de coupe inhabituelle. Il avait les cheveux ondulés — et bruns.

Mais il n'était pas grand. De taille normale tout au plus.

— Qui est cet homme masqué ? demanda Meredith.

La remarque était fondée. Des lunettes noires lui couvraient une bonne partie du visage.

— Cet *inconnu* masqué, ajouta quelqu'un.

— Vous avez vu ce blouson ? Ça vient tout droit d'Italie, ça. De Milan au moins.

— À t'entendre, on dirait que c'est là-bas que tu fais ton shopping, alors que t'es jamais sortie de ta province !

— Oh ! la ! la ! Elena a son regard de chasseuse !

— Bel-inconnu-brun-mais-petit devrait se méfier...

— Il n'est pas petit, il est parfait !

Par-dessus le brouhaha, la voix de Caroline résonna soudain :

— Dis donc, Elena, tu as déjà Matt ; ça devrait te suffire, non ? Qu'est-ce que tu pourrais faire avec deux garçons qui soit impossible avec un seul ?

— La même chose, mais plus longtemps, railla Meredith.

Elles éclatèrent de rire. Le beau garçon avait fermé sa voiture et se dirigeait vers le lycée. L'air de rien, Elena lui emboîta le pas, suivie des autres filles, en groupe compact. Cela l'agaça d'abord. Partout où elle allait, elle avait toujours quelqu'un sur les talons. Mais Meredith capta son regard, et sourit.

— Noblesse oblige...

— Quoi ?

— Si tu veux être la reine du lycée, il faut en accepter les conséquences.

Elles pénétrèrent dans le bâtiment principal. Un long couloir s'ouvrait devant elles, et à quelques mètres de là elles aperçurent la silhouette en jean et blouson de cuir qui s'engouffrait dans un des bureaux. Elena ralentit le pas et fit mine de s'intéresser aux informations punaisées sur le panneau d'affichage qui se trouvait d'un côté de la porte. De l'autre, il y avait une cloison vitrée par laquelle on voyait tout ce qui se passait dans le bureau. Les autres filles s'y agglutinèrent sans hésiter.

— Jolie vue.

— C'est un Armani, son blouson, sûr et certain.

— Tu crois qu'il est d'un autre État ?

Elena tendait l'oreille pour tenter d'intercepter le nom de l'inconnu. Dans le bureau, il semblait y avoir un problème. Mme Clarke, la secrétaire chargée des inscriptions, regardait une liste tout en secouant la tête. L'inconnu prononça quelques mots et elle écarta les bras, l'air de dire : « Que voulez-vous que j'y fasse ? » Elle relut sa liste, secoua de nouveau la tête, résolument cette fois. Le garçon allait faire demi-tour, mais il se ravisa. Et lorsque Mme Clarke le regarda, son expression changea.

Il avait ôté ses lunettes noires et elle sembla frappée par quelque chose. Elena la vit cligner des yeux plusieurs fois ; sa bouche s'ouvrit, mais aucun mot n'en sortit. Elle se mit alors à farfouiller dans ses papiers, l'air hébété, finit par trouver un formulaire sur lequel elle griffonna quelque chose avant de le tendre à son interlocuteur.

Il le remplit rapidement, le signa, et le lui rendit. Mme Clarke contempla la feuille de papier quelques instants, puis chercha dans une autre pile de documents, et lui tendit ce qui ressemblait fort à un emploi du temps. Tout cela sans le quitter une seconde des yeux. Lui se contenta de la remercier d'un mouvement de tête, et quitta son bureau.

Elena brûlait de curiosité. Que s'était-il passé ? À quoi ressemblait l'inconnu sans ses lunettes ? Sa déception fut forte lorsqu'elle le vit sortir. Il les avait déjà remises.

Elle put néanmoins l'observer d'un peu plus près. Les cheveux ondulés encadraient un visage aux traits si fins qu'on aurait pu le croire inspiré des profils frappés sur les pièces de monnaie de la Rome antique. Pommettes saillantes, nez droit... et une bouche à vous tenir éveillée toute la nuit, pensa-t-elle. La lèvre supérieure était sculptée à la perfection, indiquant à la fois sensibilité et sensualité. Dans le couloir, les autres filles s'étaient tues, comme si on leur avait jeté un sort.

La plupart détournèrent les yeux, regardant partout sauf dans sa direction. Elena resta où elle était, et retira le ruban de ses cheveux, les libérant d'un mouvement de tête pour qu'ils tombent sur ses épaules.

Sans regarder qui que ce soit, l'inconnu s'engagea dans le couloir. Dès qu'il fut hors de portée, un concert de chuchotements et de soupirs s'éleva.

Elena n'entendit rien de tout cela. Il était passé devant elle sans lui jeter le moindre regard, et elle n'en revenait pas. Loin, très loin, elle entendit sonner la cloche. Et se rendit compte que Meredith la tirait par le bras.

— Qu'est-ce qu'il y a ?

— Voilà ton emploi du temps. On a trigo au deuxième, maintenant. Allez, bouge-toi un peu !

Elle se laissa entraîner jusqu'à la salle de classe, s'installa à un bureau et fixa la prof sans vraiment la voir. Elle était encore sous le choc.

Il était passé sans la regarder. Elle ne savait plus à quand remontait la dernière fois qu'un garçon lui avait fait ça. Ils la regardaient tous. Certains sifflaient. D'autres s'arrêtaient pour lui parler. D'autres encore ne faisaient que l'admirer.

Et elle avait toujours trouvé ça très normal.

Après tout, qu'existait-il de plus important que les garçons ? Leurs réactions vous donnaient une idée de votre popularité, de votre beauté. Et puis ils étaient utiles à beaucoup de choses. Parfois même ils étaient passionnants, mais cela ne durait jamais longtemps. Certains étaient insupportables dès le départ.

Pour Elena, la plupart des garçons étaient comme des chiots. Adorables tant qu'ils restaient à leur place. Seuls quelques-uns pouvaient devenir de vrais amis. Comme Matt.

Oh, Matt... L'an dernier, elle avait espéré qu'il serait celui qu'elle cherchait, le garçon qui pourrait lui faire ressentir... quelque chose de plus. Autre chose que le plaisir de la conquête et la fierté qu'il y a à afficher votre nouveau trophée devant les copines. Peu à peu, une réelle affection l'avait liée à Matt. Mais pendant l'été, elle s'était rendu compte qu'il s'agissait là de l'affection que l'on a pour un cousin ou un frère.

Mme Halpern distribuait les manuels de trigonométrie. Elena prit le sien mécaniquement, écrivit son nom à l'intérieur en pensant à autre chose.

Elle était attachée à Matt bien plus qu'elle ne l'avait jamais été à un autre garçon. Et c'était pour cela qu'elle allait devoir lui annoncer qu'entre eux c'était fini.

Elle n'avait pas réussi à le lui écrire. Et elle ne savait pas encore comment elle allait le lui dire de vive voix. Elle ne craignait pas qu'il s'emporte, non. Mais elle savait qu'il ne comprendrait pas. Elle-même avait du mal...

C'était comme si elle cherchait toujours à atteindre... quelque chose. Et chaque fois qu'elle pensait y être arrivée, elle ne trouvait rien.

Alors il lui fallait recommencer. Heureusement, il y avait toujours de nouveaux candidats. Jamais un garçon n'avait pu lui résister, ou l'ignorer. Jusqu'à aujourd'hui.

Au souvenir de cet horrible instant dans le couloir, son corps se raidit, ses doigts serrèrent le stylo qu'elle avait dans la main. Comment avait-il pu la snober de la sorte ?

La cloche sonna. Les élèves se ruèrent dans les couloirs, mais elle s'arrêta sur le pas de la porte et scruta les alentours. Enfin, elle aperçut une des filles qui étaient avec elle sur le parking.

— Hé, Frances ! viens voir.

Frances approcha en souriant.

— Écoute, tu te rappelles ce type, ce matin ?

— Avec la Porsche et... le look d'enfer ? Comment veux-tu que je l'oublie ?

— Bon. Je veux son emploi du temps. Débrouille-toi pour le dénicher dans les bureaux, ou demande-le-lui s'il le faut, mais trouve-le !

D'abord étonnée, Frances sourit puis hocha la tête.

— D'accord, je vais essayer. On se retrouve à la cantine si j'ai quelque chose.

— Merci.

Tandis qu'Elena regardait Frances s'éloigner, une voix lui chuchota à l'oreille :

— Tu sais quoi ? T'es complètement folle.

— Meredith, à quoi ça sert d'être reine du lycée si tu ne peux même pas abuser de ton pouvoir de temps en temps ? répondit-elle calmement. Bon, et maintenant, j'ai quoi ?

Meredith lui fourra un emploi du temps dans les mains.

— Toi, t'as gestion, moi, j'ai chimie, et j'y vais, je suis en retard. À plus !

Le cours de gestion et le reste de la matinée passèrent sans qu'Elena en ait vraiment conscience. Elle avait espéré apercevoir une nouvelle fois le bel inconnu, mais il n'eut aucun cours en commun avec elle. Matt, en revanche, en eut un, et elle sentit battre son cœur lorsqu'il lui sourit et que ses yeux bleus croisèrent les siens.

À la pause-déjeuner, elle se rendit à la cantine, saluant en chemin ceux et celles qu'elle n'avait pas encore vus. Caroline était à l'entrée, adossée négligemment à un mur, menton en l'air, épaules droites, hanches en avant. Les deux garçons avec qui elle parlait se turent et se donnèrent des coups de coude en voyant arriver Elena.

— Salut, leur lança cette dernière avant de se tourner vers Caroline. On va manger ?

Caroline tourna à peine la tête, passa une main dans ses cheveux, qu'elle avait auburn et brillants.

— Comment ? À la table royale ?

Sa réaction surprit Elena. Caroline et elle étaient amies depuis la maternelle. Entre elles, la compétition avait toujours été bon enfant. Mais ces derniers temps, Caroline avait changé, elle prenait leur rivalité de plus en plus au sérieux. Et aujourd'hui, il y avait une amertume dans sa voix qui étonna Elena.

— Tu n'es quand même pas une roturière, remarqua-t-elle sur le ton de la plaisanterie.

— Là, on peut dire que tu as raison, répondit Caroline en lui faisant face.

Dans ses yeux verts, en amande, Elena lut une hostilité qui la déconcerta. Les deux garçons sourirent, gênés, et s'éloignèrent. Caroline ne sembla même pas le remarquer.

— Beaucoup de choses ont changé pendant ton absence, cet été, Elena. Et il se pourrait bien que tes jours sur le trône soient comptés.

Elena avait rougi, elle le sentait. Elle dut faire un effort pour empêcher sa voix de trembler.

— Peut-être. Mais si j'étais toi, j'attendrais un peu avant d'acheter un sceptre.

Sur quoi, elle tourna les talons et entra dans la cantine, soulagée d'apercevoir Meredith, Bonnie et Frances, déjà assises à une table. Elle prit un plateau, fit la queue au self-service et les rejoignit. Pas question de laisser Caroline lui entamer le moral ; elle décida de ne plus penser à elle.

— Je l'ai ! annonça d'entrée Frances en agitant une feuille de papier.

— Et moi, j'ai des infos intéressantes, ajouta Bonnie d'un ton sérieux. Écoute ça, Elena. Il est en biologie avec moi, et je suis assise juste en face de lui. Il s'appelle Stefan Salvatore, il vient d'Italie et il a une chambre chez la vieille Mme Flowers, dans la pension qui est à la sortie de la ville. Il est hypergalant. Caroline a fait tomber ses bouquins et il les lui a ramassés.

— Qu'est-ce qu'elle est maladroite, cette Caroline... dit Elena, ironique. Et puis ? Quoi d'autre ?

— Ben, c'est tout. Il ne lui a pas vraiment parlé. Il est trrrrrès mystérieux, comme mec, tu vois. Mme Endicott, ma prof de biolo, a essayé de lui faire enlever ses lunettes de soleil, mais il a refusé. Apparemment, il a un problème aux yeux.

— Quel genre ?

— J'en sais rien. Peut-être que c'est incurable et que ses jours sont comptés. Ça serait romantique, non ?

— Très, dit Meredith.

Elena se plongea dans la feuille que Frances lui avait donnée en se mordillant la lèvre.

— On est ensemble en dernière heure, au cours d'histoire de l'Europe. Vous y allez aussi, à ce cours ?

— Moi, oui, dit Bonnie. Et je crois que Caroline est inscrite aussi. Et Matt, peut-être, je l'ai entendu dire un truc du style « pas de chance, je me tartine encore Tanner cette année ».

Génial ! pensa Elena en plantant presque rageusement une fourchette dans sa purée. Ce cours d'histoire allait être extrêmement intéressant.

Ouf, plus qu'une heure, pensa Stefan. Par-dessus tout, il voulait quitter cet endroit bondé, ne serait-ce que pour quelques minutes.

Tant d'esprits habitaient ces couloirs et ces salles de classe. La pression exercée par autant de schémas de pensée, autant de voix mentales lui faisait tourner la tête. Cela faisait des années qu'il ne s'était pas retrouvé dans une foule pareille.

Un esprit en particulier l'avait intrigué plus que les autres. Elle faisait partie de ceux qui l'avaient suivi du regard dans le couloir. Il ne savait pas à quoi elle ressemblait, mais elle possédait une puissante personnalité. Il était certain de pouvoir la reconnaître.

Pour l'heure, il avait survécu à la première journée de cette mascarade. Il n'avait eu recours aux Pouvoirs que deux fois, et avec parcimonie. Mais il était fatigué et, il devait bien l'admettre, même à contrecœur, il avait faim. Le lapin n'avait pas suffi.

Il s'occuperait de sa faim plus tard. Il trouva la salle où devait avoir lieu son dernier cours et s'installa. Aussitôt, il sentit la présence de l'esprit qui l'avait intrigué.

Il rayonnait aux confins de sa conscience, d'une lumière dorée, douce et vibrante à la fois. Et pour la première fois, il vit celle dont émanait cet esprit. Elle était assise juste devant lui.

Au même moment, elle se tourna, et il vit son visage. Il eut alors toutes les peines du monde à retenir un cri de surprise.

Katherine ! Mais non, bien sûr, c'était impossible. Katherine était morte, personne ne savait cela mieux que lui.

Pourtant, la ressemblance était confondante. Ces cheveux d'un blond pâle, si clairs qu'ils semblaient évanescents, cette peau crémeuse qui évoquait l'albâtre et rosissait parfois à hauteur des pommettes. Et ces yeux... Ceux de Katherine étaient d'une couleur unique, plus foncée que celle du ciel bleu, aussi riche que celle du lapis-lazuli ornant le bandeau qu'elle portait sur le front. Cette fille avait les mêmes yeux. Et venait de les plonger dans les siens en souriant.

Il baissa le regard. S'il était une chose à laquelle il ne voulait pas penser, c'était à Katherine. Il ne voulait pas regarder cette fille qui lui rappelait celle qu'il avait aimée, et ne voulait plus sentir sa présence. Alors, il fixa le bureau, barricada son esprit du mieux qu'il put. Enfin, lentement, elle se détourna.

Elle était blessée, il le sentit. Il s'en fichait. En fait, il était même satisfait, et espéra que cela la tiendrait à distance. Il n'avait aucun sentiment pour elle.

Il ne cessa de se le répéter, la voix du professeur n'étant qu'un vague bruit de fond dans son esprit. Mais de subtiles essences parfumées — il lui sembla reconnaître la violette — lui parvenaient du long cou blanc de celle qui était penchée sur son livre.

La colère et la frustration l'envahirent lorsqu'il reconnut l'agréable sensation qui l'envahissait — plus un chatouillement qu'une douleur. C'était la faim. Une faim particulière qu'il n'allait pas pouvoir satisfaire tout de suite.

Le professeur allait et venait dans la salle et Stefan concentra toute son attention sur lui. Il fut d'abord surpris, car bien qu'aucun élève ne sache jamais répondre, M. Tanner ne cessait de poser des questions. Puis il se rendit compte que c'était l'objectif : il tentait de faire honte aux élèves en leur montrant l'étendue de leur ignorance.

Il venait justement de trouver une nouvelle victime, une fille assez petite aux cheveux roux bouclés et au visage en forme de cœur. Stefan regarda avec dégoût le professeur l'assaillir de questions. Lorsqu'il se détourna enfin d'elle pour s'adresser à toute la classe, elle semblait épuisée.

— Vous comprenez ce que je veux dire ? Vous vous trouvez géniaux, vous êtes en terminale, prêts à quitter le lycée. Mais je vais vous dire une chose, moi. Il y en a parmi vous qui ne sont même pas capables de quitter la maternelle. Celle-ci n'a aucune idée de ce que fut la Révolution française, ajouta-t-il en montrant la petite rousse du doigt. Et elle croit que Marie-Antoinette était une star du muet.

Autour de Stefan, les élèves se tortillaient sur leur chaise, mal à l'aise. Il perçut leur ressentiment, leur humiliation. Et la peur. Ils avaient tous peur de ce petit homme malingre aux yeux de fouine. Même les plus costauds, qui étaient plus grands que lui, le craignaient.

— Bon, on va essayer une autre époque, reprit le professeur en se tournant vers la même victime. Pendant la Renaissance — vous savez quand même ce qu'est la Renaissance, n'est-ce pas ? La période qui s'étend sur les XVe et XVIe siècles, au cours de laquelle l'Europe a redécouvert les grandes idées de la Grèce antique et de Rome. Une période qui a produit un nombre important d'artistes et de penseurs, parmi les plus grands. Ça vous dit quelque chose ?

Comme la petite rousse opinait confusément du chef, il poursuivit :

— Pendant la Renaissance, que faisaient les gens de votre âge à l'école, à votre avis ?

L'élève déglutit péniblement et, avec un petit sourire, répondit :

— Ils jouaient au foot ?

L'éclat de rire fut général et le regard du prof s'assombrit.

— Taisez-vous ! ordonna-t-il. Vous pensez que c'est une plaisanterie ? Figurez-vous que, à l'époque, les élèves de votre âge parlaient déjà couramment plusieurs langues. Ils maîtrisaient aussi parfaitement la logique, les mathématiques, l'astronomie, la philosophie et la grammaire. Ils étaient prêts à partir pour l'université, où tous les cours se faisaient en latin. Le football était la dernière des choses...

— Excusez-moi.

La voix calme interrompit le prof en pleine harangue. Tous les visages se tournèrent vers Stefan.

— Pardon ?

— Excusez-moi, répéta Stefan en ôtant ses lunettes et en se levant. Mais vous vous trompez. Pendant la Renaissance, il était vivement conseillé aux étudiants de jouer à divers jeux. On leur enseignait qu'il fallait un esprit sain dans un corps sain. Ils pratiquaient beaucoup les sports collectifs comme le cricket, le tennis, et même le football.

Il se tourna vers la petite rousse et lui sourit. Un regard reconnaissant lui répondit. À l'adresse du prof, il ajouta :

— Mais ce qu'ils apprenaient de plus important, c'était la courtoisie et les bonnes manières. Je suis sûr que c'est écrit dans votre manuel, ça.

Les élèves étaient ravis. Le prof, tout rouge, se mit à bafouiller. Stefan soutint son regard et le contraignit à détourner les yeux.

La cloche sonna.

Stefan remit ses lunettes et réunit ses affaires. Il avait déjà attiré l'attention sur lui plus qu'il n'était nécessaire et il ne voulait pas avoir à regarder la blonde une nouvelle fois. Et puis, il fallait qu'il s'éclipse le plus vite possible : une sensation de brûlure ô combien familière lui parcourait les veines.

Il allait passer la porte lorsque quelqu'un lança :

— Hé ! Ils jouaient vraiment au foot, à l'époque ?

Il ne put s'empêcher de se retourner et de répondre avec un sourire.

— Parfaitement. Avec la tête des prisonniers de guerre, parfois.

Elena le regarda passer. Il s'était délibérément détourné d'elle. Il l'avait snobée, et devant Caroline, en plus, qui n'en avait pas raté une miette. Les larmes lui picotèrent les yeux, mais à ce moment précis, une seule idée occupait ses pensées.

Elle l'aurait, même si elle devait y perdre la vie. Même si cela leur coûtait la vie à tous les deux, elle l'aurait.

3

LES PREMIÈRES LUEURS DE L'AUBE coloraient le ciel de rose et de vert pâle. Stefan était à la fenêtre de sa chambre et regardait le jour se lever. Il avait loué cette chambre en particulier parce qu'une trappe dans le plafond permettait l'accès au belvédère installé sur le toit. Pour l'heure, cette trappe était ouverte et un vent frais et humide s'y engouffrait. Stefan était habillé, mais pas parce qu'il s'était levé tôt. Il ne s'était pas couché.

Il venait de rentrer de la forêt, et des débris de feuilles mortes étaient encore collés à ses chaussures. Il les ôta méticuleusement. Les commentaires des autres élèves, la veille, ne lui avaient pas échappé, et il savait qu'ils avaient beaucoup observé ses vêtements. Il avait pour habitude de ne porter que ce qui se faisait de mieux, non par coquetterie mais parce que c'était ce qu'il fallait faire. Son tuteur le lui avait souvent répété : « Un aristocrate doit s'habiller en conformité avec son rang. Sinon, il fait preuve de mépris vis-à-vis des autres. » Chacun avait sa place dans le monde, et la sienne avait autrefois été parmi la noblesse. Autrefois.

Pourquoi repensait-il à tout cela ? Bien sûr, il aurait dû songer que jouer le rôle d'un élève lui rappellerait ses propres souvenirs d'élève. Et ils étaient nombreux, ces souvenirs, défilant dans sa mémoire comme s'il feuilletait un livre. L'un d'eux attira son attention plus que les autres. Il revit le visage de son père lorsque Damon lui avait annoncé qu'il quittait l'université. Jamais il n'oublierait cela. La colère paternelle avait été telle...

— Comment ça, tu n'y retournes pas ?

Giuseppe était d'ordinaire un homme juste, mais il était colérique, et par son attitude, son fils aîné le rendait violent.

Ce fils qui, pour l'heure, se tapotait les lèvres d'un mouchoir de soie safran.

— Je pensais que vous pourriez comprendre une phrase aussi simple, père. Voulez-vous que je la répète en latin ?

— Damon... intervint Stefan, outré par un tel manque de respect.

Mais son père l'interrompit :

— Tu es en train de me dire que moi, Giuseppe, comte di Salvatore, je vais devoir affronter mes amis sachant que mon fils est un *scioparto* ? Un bon à rien ? Un oisif qui n'apporte aucune contribution utile à Florence ?

Devant la rage de leur maître, les serviteurs s'éclipsèrent.

Damon ne cilla même pas.

— Il semblerait que oui. Si on peut appeler amis ceux qui vous font des courbettes dans l'espoir que vous leur prêterez de l'argent.

— *Sporco parasito !* hurla Giuseppe en se levant. Gaspiller ton temps et mon argent quand tu es à l'université ne te suffit plus ? Oui, figure-toi, je suis au courant pour le jeu, les joutes et les femmes. Et je sais que sans ton secrétaire et tes professeurs particuliers, tu échouerais dans toutes les matières. Mais voilà que tu décides de m'humilier un peu plus. Et pourquoi ? Pourquoi ? (Sa grande main attrapa le menton de Damon.) Pour pouvoir te consacrer pleinement à la chasse et à la fauconnerie ?

Stefan fut forcé de reconnaître que son frère avait du cran. Aristocrate jusqu'au bout des ongles, de l'élégante coiffe posée sur ses cheveux de jais jusqu'à son manteau bordé d'hermine et ses souliers en cuir souple, il resta digne malgré son inconfortable posture. Seule une expression d'arrogance pure tordait sa lèvre supérieure.

Tu es allé trop loin, cette fois, pensa Stefan en regardant les deux hommes s'affronter du regard. Je doute que tu t'en sortes, même en tentant de le charmer.

Au même moment, un léger bruit du côté de la porte du bureau lui fit tourner la tête. C'était Katherine, la fille du baron von Schwartzschild qui l'avait fait venir des froides contrées des princes allemands en espérant que les paysages italiens faciliteraient sa convalescence après une longue maladie. Depuis son arrivée, tout avait changé pour Stefan. Son regard couleur lapis-lazuli et ses longs cils blonds le bouleversaient.

— Je vous demande pardon, je ne voulais pas vous interrompre, dit-elle de sa voix douce et claire.

Elle fit mine de s'en aller.

— Non, non, reste, dit Stefan.

Il aurait voulu dire plus, lui prendre la main, mais il n'osa pas. Pas devant son père. Tout ce qu'il pouvait faire, c'était scruter le regard bleu levé vers le sien.

— Oui, reste, dit Giuseppe.

Il avait lâché Damon et semblait calmé. Remettant en place les lourds plis de son manteau bordé de fourrure, il s'approcha de la jeune fille.

— Ton père devrait rentrer de la ville où l'ont conduit ses affaires, aujourd'hui, et il sera ravi de te voir. Mais tu es bien pâle, petite Katherine. Tu n'es pas retombée malade, j'espère ?

— Je suis toujours pâle, vous le savez bien, monsieur. Je n'utilise pas de rouge à joues comme les audacieuses Italiennes.

— Tu n'en as pas besoin, intervint Stefan.

Katherine lui sourit. Elle était tellement belle... Il en eut un pincement au cœur.

— Et je ne te vois pas assez pendant la journée, continua son père. Tu nous fais rarement l'honneur de ta présence avant le crépuscule.

— J'étudie et je prie dans mes appartements, monsieur, répondit Katherine en baissant les yeux.

Stefan savait que cela était faux, mais il n'en dit rien. Jamais il ne trahirait le secret de Katherine.

— Mais je suis ici, maintenant, ajouta-t-elle.

— Oui, oui, c'est vrai. Je vais donner des ordres pour qu'un dîner soit organisé ce soir, pour le retour de ton père. Damon... nous parlerons plus tard.

Giuseppe quitta la pièce. Ravi, Stefan se tourna vers Katherine. Il était rare qu'ils puissent se parler hors de la présence de son père ou de Gudren, la robuste dame de compagnie allemande de la jeune fille.

Mais ce qu'il vit alors lui fit l'effet d'un coup de poing dans l'estomac. Katherine souriait — de ce petit sourire secret qu'elle avait souvent eu à son intention. Seulement elle ne le regardait pas. Elle regardait Damon.

Pour cela, Stefan éprouva de la haine à l'égard de son frère, de sa beauté sombre, de sa grâce et de sa sensualité qui attiraient les femmes comme la flamme attire les papillons de nuit. En cet instant, il aurait voulu frapper Damon, détruire cette beauté. Il dut pourtant accepter de voir Katherine s'approcher lentement de son frère, d'entendre le léger frottement de sa robe de brocart doré sur le sol carrelé. De voir, enfin, Damon tendre la main à Katherine et arborer le cruel sourire de la victoire...

Stefan tourna brusquement le dos à la fenêtre.

Pourquoi rouvrir de vieilles blessures ? Machinalement, il tira sur la chaîne d'or qu'il portait sous sa chemise et fit rouler entre ses doigts la bague qui y pendait avant de la regarder à la lumière.

Le petit anneau d'or était travaillé de façon exquise, et cinq siècles ne lui avaient rien ôté de son éclat. Une seule pierre y était sertie, un lapis-lazuli de la taille de l'ongle de son petit doigt. Stefan le regarda, puis regarda le lourd anneau d'argent, lui aussi orné d'un lapis, qu'il portait depuis toujours. Son cœur se serra.

Il ne pouvait oublier le passé, et ne le voulait pas. Malgré tout, il chérissait le souvenir de Katherine. Mais il y avait un événement du passé qu'il ne devait pas raviver, une page du journal qu'il ne devait pas relire. S'il devait revivre cette horreur, cette... abomination, il deviendrait fou. Aussi fou que ce jour-là, ce dernier jour, lorsqu'il avait considéré sa propre damnation...

Stefan regarda de nouveau par la fenêtre, posa son front contre la fraîcheur de la vitre. Son précepteur lui répétait souvent une autre expression : « Le mal ne trouve jamais la paix. Il peut triompher, mais il ne trouve jamais la paix. »

Pourquoi était-il venu à Fell's Church ?

Il avait espéré trouver la paix ici, mais c'était impossible. Jamais on ne l'accepterait, jamais il ne connaîtrait le repos. Parce qu'il était mauvais. Et il ne pouvait rien y changer.

Ce matin-là, Elena se leva plus tôt encore que de coutume. Elle entendit Judith aller et venir dans sa chambre, se préparer à prendre sa douche. Margaret dormait encore à poings fermés, recroquevillée dans son lit. Sans faire de bruit, Elena se faufila dans le couloir et sortit.

L'air était frais et léger, le cognassier abritait son habituel lot de geais et de moineaux. Elena, qui s'était endormie avec un mal de tête lancinant, leva son visage vers le ciel bleu et respira profondément.

Elle se sentait beaucoup mieux que la veille. Elle avait promis à Matt de le retrouver avant d'aller en cours et, même si elle appréhendait beaucoup cette confrontation, elle était convaincue que tout allait bien se passer.

Matt vivait tout près du lycée dans une maison simple, semblable à toutes les autres maisons de sa rue, en dehors, peut-être, de la balancelle sur la terrasse, qui était un peu plus délabrée, et de la peinture de la façade, un peu plus écaillée. Matt l'attendait sur le perron et, l'espace d'un instant, le cœur d'Elena se remit à battre comme autrefois.

Il était très mignon, aucun doute là-dessus. Il avait cette beauté tout américaine, qui exhale la bonne santé. Matt Honeycutt était américain jusqu'au bout des ongles. Cheveux blonds coupés court pour la saison de football et teint superbement hâlé après un été passé à travailler à la ferme de ses grands-parents. Son regard bleu exprimait l'honnêteté et la franchise. Et aussi un peu la tristesse, ce matin, tandis qu'il la regardait approcher.

— Tu veux entrer ?

— Non, je préfère marcher, dit Elena.

Ils avancèrent côte à côte sous les érables et les noyers qui bordaient la rue. Tête baissée, Elena ne savait plus par quoi commencer et manquait tout à coup d'assurance.

— Tu ne m'as toujours rien raconté de ton voyage en France, dit Matt, qui avançait lui aussi en regardant le trottoir.

— Oh, c'était super, répondit-elle avec un enthousiasme forcé. Tout était super. Les gens, la nourriture, tout. C'était vraiment...

— Ouais, je sais. Super.

Matt s'arrêta, les yeux fixés sur ses baskets éculées. Sa famille avait du mal à joindre les deux bouts ; sans doute n'avait-il pas pu s'en payer des neuves pour la rentrée.

Enfin, ils levèrent ensemble la tête et leurs regards se rencontrèrent.

— Tu sais que tu es vraiment belle, ce matin, dit Matt.

Elle allait répondre par une pirouette, mais il reprit immédiatement :

— Et je pense que tu as quelque chose à me dire.

Il y eut un silence gêné puis il sourit, d'un sourire triste, avant d'ouvrir les bras.

— Oh, Matt, soupira-t-elle en le serrant contre elle. Tu es le mec le plus génial que j'aie jamais rencontré. Je ne te mérite pas.

— Ah. Donc c'est pour ça que tu me jettes. Parce que je suis trop bien pour toi. J'aurais dû m'en rendre compte plus tôt.

Ils se remirent à marcher, pour s'arrêter de nouveau, presque aussitôt.

— Non, dit Elena, ce n'est pas pour ça, et je ne te jette pas. On va rester amis, d'accord ?

— Bien sûr. Tout à fait.

— Parce que c'est ce que nous sommes. De bons amis. Sois honnête, Matt, les sentiments que tu éprouves pour moi sont plus proches de l'amitié que de l'amour, non ?

Il leva les yeux au ciel.

— J'ai le droit de jouer mon joker, sur cette question ?

Comme la déception se lisait sur le visage d'Elena, il ajouta :

— Ça n'a rien à voir avec le nouveau, tout ça, n'est-ce pas ?

— Non, dit-elle après une hésitation. On ne s'est même pas encore parlé, je ne le connais pas.

— Mais tu en crèves d'envie... Non, ne réponds pas.

Il passa gentiment un bras autour de ses épaules et la fit se tourner vers lui.

— Allez, viens, faut qu'on y aille. Si on a le temps, je te paie un beignet.

Comme ils s'éloignaient, quelque chose fit grand bruit dans un noyer, juste au-dessus d'eux. Matt leva les yeux et émit un sifflement.

— Ouah ! Regarde ! J'ai jamais vu de corbeau aussi gros !

Elena scruta le feuillage, mais l'oiseau avait déjà pris son envol.

Les cours ce jour-là furent pour Elena l'occasion de mettre son plan au point.

Elle s'était levée en sachant comment faire, il ne lui restait plus qu'à réunir le plus d'informations possible sur Stefan Salvatore. Ce qui s'avéra facile, dans la mesure où tout le monde au lycée ne parlait que de lui.

La nouvelle de son altercation avec la responsable des inscriptions, la veille, avait fait le tour de l'établissement, et aujourd'hui, il avait été convoqué chez le directeur pour un problème concernant son dossier. Mais le directeur l'avait renvoyé en cours (après, disait-on, un coup de fil de Rome — à moins que ce ne fût de Washington), et tout semblait réglé. Officiellement du moins.

Quand Elena arriva en cours d'histoire de l'Europe, l'après-midi, elle fut accueillie par un sifflement admiratif. Dick Carter et Tyler Smallwood traînaient devant la porte. Vraiment des nazes de première, pensa-t-elle, ignorant royalement sifflement et regards appuyés. S'ils croient que faire partie de l'équipe de foot du lycée les rend irrésistibles, ils se mettent le doigt dans l'œil. Elle n'entra pas tout de suite, se remit un peu de rouge à lèvres et de poudre. Elle avait donné ses instructions à Bonnie et le plan devait se mettre en marche dès que Stefan serait là. Le miroir de son poudrier lui permettait d'observer à loisir le couloir derrière elle.

Pourtant, elle ne le vit pas arriver. Soudain, il fut près d'elle, et elle referma son poudrier d'un mouvement brusque. Elle voulut l'arrêter, mais quelque chose se produisit qui l'en empêcha. Stefan s'était raidi et paraissait tout à coup méfiant. Au même moment, Dick et Tyler bloquèrent l'entrée de la salle.

Des idiots finis, vraiment, pensa Elena. Furieuse, elle les fusilla du regard par-dessus l'épaule de Stefan.

Ils étaient très contents de leur coup, et ne bougeaient pas, feignant de ne pas avoir vu arriver Stefan.

— Excusez-moi, dit-il du même ton calme et détaché que celui qu'il avait pris pour s'adresser au professeur d'histoire.

Dick et Tyler se regardèrent, puis examinèrent autour d'eux, comme s'ils venaient d'entendre des voix.

— *Scousi ?* dit Tyler d'une voix de fausset. *Scousi* moi ? Moi *scousi* ? Jacuzzi ?

Ils éclatèrent de rire.

Elena vit les muscles se tendre sous le tee-shirt de Stefan. Le combat n'était pas loyal. Les deux énergumènes étaient bien plus grands et bien plus costauds que lui.

— Y a un problème ?

Aussi surprise que Tyler et Dick, Elena se retourna. Matt était là, mâchoires serrées, regard dur.

Elle retint son sourire en voyant les deux fauteurs de troubles s'écarter lentement, à contrecœur. Ce brave Matt, pensa-t-elle. Mais voilà que ledit brave Matt entrait dans la salle en compagnie de Stefan et qu'elle se retrouvait maintenant derrière deux personnes au lieu d'une seule. Ils s'installèrent et elle se glissa juste derrière Stefan, d'où elle pouvait l'observer à loisir sans être vue. Quant à l'exécution de son plan, elle allait devoir attendre la fin du cours.

Matt remuait de la monnaie dans sa poche, ce qui signifiait qu'il essayait de dire quelque chose.

— Heu, tu sais... commença-t-il, mal à l'aise. Ces types...

Stefan éclata d'un rire amer.

— Qui suis-je pour les juger ? Et de toute façon, pourquoi serais-je le bienvenu ici ?

Mais au-delà de l'amertume, il sembla à Elena que ce ton exprimait un mal de vivre flagrant.

— Pourquoi ne le serais-tu pas ? lui demanda Matt. Écoute, tu parlais de football, hier, et un de nos arrières s'est tordu un ligament hier après-midi, il nous faut un remplaçant. Les sélections se font tout à l'heure, après les cours. Ça te branche ?

— Moi ? Heu... je ne sais pas si je pourrai.

— Tu sais courir ?

— Est-ce que je sais... ? Oui.

Stefan était tourné vers Matt, et Elena distingua l'amorce d'un sourire sur ses lèvres.

— Tu sais esquiver ?

— Oui.

— C'est tout ce qu'on te demande. Si tu sais récupérer un ballon en courant et le garder, tu peux jouer.

— Je vois.

Cette fois, Stefan souriait, et même si Matt semblait sérieux, ses yeux brillaient de joie. Étonnée, Elena se rendit compte qu'elle était jalouse. Un lien s'était créé entre les deux garçons, l'excluant complètement.

Mais le sourire de Stefan disparut brusquement.

— Merci, dit-il, distant. Mais je ne peux pas. J'ai d'autres engagements.

Sur quoi, le cours commença. Pendant toute l'heure, Elena se répéta : « Bonjour, je m'appelle Elena Gilbert, je fais partie du comité d'accueil et je suis chargée de te faire visiter le lycée. Je suis sûre que tu ne refuseras pas que je fasse mon devoir, n'est-ce pas ? » Cette dernière réplique avec de grands yeux mélancoliques, mais seulement s'il faisait mine de chercher à éviter la visite. C'était pratiquement imparable.

Au milieu du cours, sa voisine lui passa un petit mot. Elle reconnut l'écriture ronde, enfantine, de Bonnie et lut : « J'ai retenu C. le plus longtemps possible. Que s'est-il passé ? Ça a marché ? ? ? »

Elle leva les yeux et vit Bonnie, assise au premier rang et tordue sur sa chaise. Elle fit non de la tête en montrant le mot et en articulant « après le cours ».

Il lui sembla qu'un siècle s'écoula avant que M. Tanner ne donne les dernières instructions pour les exposés à préparer et les laisse sortir. Tous les élèves se levèrent en même temps. C'est parti, pensa Elena, et, le cœur battant, elle se mit en travers du chemin de Stefan, bloquant toute l'allée pour qu'il ne puisse pas la contourner.

Comme Dick et Tyler, se dit-elle, retenant un rire. Elle leva la tête, et ses yeux se trouvèrent exactement à la même hauteur que la bouche de Stefan.

Alors ce fut le trou. Qu'était-elle supposée lui dire ? Elle ouvrit la bouche et, après un blanc, s'entendit prononcer en balbutiant la tirade tant répétée :

— Salut, je m'appelle Elena Gilbert et je fais partie du comité d'accueil, on m'a chargée de...

— Désolé, j'ai pas le temps.

Elle n'en crut pas ses oreilles. Il ne lui avait même pas laissé la possibilité de terminer. Mécaniquement, pourtant, elle acheva sa phrase :

— ... te faire visiter le lycée.

— Je suis désolé, je ne peux pas. Il faut que j'aille... aux sélections, pour le foot. (Il se tourna vers Matt, qui semblait visiblement surpris par ce qu'il venait d'entendre.) Tu m'as dit que c'était juste après les cours, c'est ça ?

— Oui. Mais...

— Bon, alors je ferais mieux d'y aller. Tu me montres où c'est ?

Matt, impuissant, regarda Elena puis haussa les épaules.

— Heu... oui, sans problème. Tu me suis ?

Ils s'éloignèrent.

Elena se retrouva seule au milieu d'un cercle d'observateurs très intéressés par ce qui venait de se passer, parmi lesquels se trouvait Caroline. Elle sentit une boule grossir dans sa gorge, ses membres s'engourdir. Alors, ne pouvant supporter cet endroit une minute de plus, elle quitta la salle à grands pas.

4

LORSQUE ELENA ARRIVA À SON CASIER, ses membres avaient retrouvé leur souplesse, mais la boule dans sa gorge menaçait de se transformer en larmes. Tu ne vas pas pleurer au lycée, se disait-elle. Tu ne peux pas pleurer au lycée.

Elle referma son casier et se dirigea vers la sortie.

Pour la deuxième fois en deux jours, elle rentrait chez elle directement, et seule. Tante Judith n'y comprendrait rien. Heureusement, celle-ci avait dû aller faire un tour en compagnie de Margaret. La maison était vide et silencieuse.

Elena apprécia ce calme. Elle avait besoin d'être seule. D'un autre côté, elle ne savait pas trop quoi faire d'elle-même. Maintenant, elle pourrait enfin pleurer tout son saoul, mais elle s'aperçut que les larmes ne venaient pas. Elle laissa tomber son sac par terre dans l'entrée, et se dirigea d'un pas tranquille vers le salon.

C'était une pièce magnifique, impressionnante, la seule, avec la chambre d'Elena, qui appartenait à la structure originelle de la maison. Construite avant 1861, celle-ci avait été presque entièrement détruite par un incendie pendant la guerre de Sécession. Le salon, avec sa ravissante cheminée encadrée de colonnes tournées, et la grande chambre située juste au-dessus avaient été épargnés. L'arrière-grand-père d'Elena avait reconstruit la maison et les Gilbert y avaient toujours vécu depuis.

Elena contempla un instant les hautes fenêtres aux vitres anciennes, épaisses et irrégulières, déformant légèrement ce qu'on voyait à travers, de sorte que tout semblait un peu ondulant et en équilibre instable. Elle se souvint du jour où son père lui avait montré pour la première fois ces grandes vitres et leur distorsion des choses. À l'époque, elle était plus jeune que Margaret aujourd'hui.

La boule dans sa gorge était revenue, mais les larmes ne voulaient toujours pas sortir. Les sentiments les plus contradictoires animaient Elena. Elle voulait être seule, et pourtant se sentait douloureusement abandonnée de tous. Elle voulait réfléchir, mais maintenant qu'elle essayait, ses pensées lui échappaient, tels des rongeurs fuyant un hibou.

Hibou... rapace... carnivore... corbeau, pensa-t-elle. « Le plus gros corbeau que j'aie jamais vu », avait dit Matt.

Ses yeux lui piquèrent de nouveau. Pauvre Matt. Elle l'avait blessé, mais il n'en avait rien laissé paraître. Il s'était même montré agréable avec Stefan.

Stefan. Elle sentit son cœur battre plus fort, et deux grosses larmes apparurent au bord de ses yeux. Elle pleurait, enfin ! Pleurait de colère, d'humiliation, de frustration — et de quoi d'autre encore ? Qu'avait-elle vraiment perdu aujourd'hui. Que ressentait-elle vraiment pour cet étranger, pour ce Stefan Salvatore ? Il était comme un défi, et cela faisait de lui quelqu'un de différent, d'intéressant. Stefan représentait l'inconnu, et c'était ce qui le rendait attirant.

Bizarrement, « attirante » était parfois l'adjectif qu'utilisaient les garçons pour parler d'elle. Ensuite, elle apprenait par eux ou par leurs amis à quel point sortir avec elle les rendait nerveux : ils en avaient les mains moites et des papillons dans l'estomac. Elena avait toujours trouvé ces récits amusants, car aucun garçon ne l'avait jamais rendue nerveuse.

Mais, en parlant à Stefan, aujourd'hui, elle avait senti son pouls s'accélérer, ses genoux trembler. Ses mains étaient devenues moites, et son estomac n'abritait pas des papillons, mais des chauves-souris. S'intéressait-elle à lui justement parce qu'il la mettait mal à l'aise ?

Auquel cas ce n'était pas une raison très valable. C'en était même une très mauvaise.

Seulement il y avait cette bouche. Cette bouche sculptée qui provoquait en elle bien autre chose que de la nervosité. Et puis ces cheveux de jais — elle brûlait d'y glisser les doigts. Ce corps souple, élancé, musclé, ces longues jambes... et cette *voix*. C'était cela qui avait décidé Elena. À cause de cette voix, elle était déterminée à conquérir Stefan. Détachée, méprisante quand elle s'était adressée à M. Tanner, mais du même coup étrangement irrésistible. Elena se demanda si elle pouvait être grave, aussi, et comment résonnerait son nom chuchoté par cette voix...

— Elena !

Elle sursauta, brusquement tirée de sa rêverie. Mais ce n'était pas Stefan Salvatore qui l'appelait, seulement tante Judith, depuis l'entrée.

— Elena ? Elena ? T'es là ? reprit Margaret de sa petite voix aiguë.

Désemparée, Elena regarda autour d'elle. Elle ne voulait pas avoir à répondre aux questions inquiètes de Judith, ni à affronter l'enthousiasme innocent de Margaret. Pas avec les yeux mouillés et de nouvelles larmes menaçant de jaillir d'une minute à l'autre. Sa décision fut prise en un instant. Tout doucement, elle se glissa jusqu'à la cuisine, ouvrit la porte du jardin et sortit juste comme la porte d'entrée se refermait en claquant.

Une fois dans le jardin, elle hésita. Elle ne voulait rencontrer personne, alors où aller ?

La réponse vint presque aussitôt. Bien sûr. Elle irait voir ses parents.

À pied, c'était assez loin, quasiment de l'autre côté de la ville, mais, en trois ans, elle avait appris à connaître le chemin. Elle traversa le pont Wickery et monta jusqu'au sommet de la colline, passa le long de l'église en ruine et redescendit dans le petit vallon de l'autre côté.

Cette partie du cimetière était bien entretenue. Seule la partie la plus ancienne était plus ou moins laissée à l'abandon. Ici, le gazon était tondu régulièrement, et des gerbes de fleurs ajoutaient des touches colorées à l'ensemble. Elena s'assit à côté de la grande pierre tombale en marbre sur laquelle était gravé le nom de « Gilbert ».

— Bonjour, maman, bonjour, papa, murmura-t-elle en déposant un brin d'impatiens en boutons qu'elle avait ramassé en route.

Elle était souvent venue ici depuis l'accident. À l'époque, Margaret n'avait qu'un an, et aujourd'hui, elle ne se souvenait plus vraiment de ses parents. Mais Elena, oui. Et là, auprès d'eux, elle laissa son esprit vagabonder au gré des souvenirs, sentit sa gorge se serrer et les larmes venir plus facilement. Ils lui manquaient tellement. Sa mère, si jeune et belle, et son père, avec ce sourire qui lui plissait le coin des yeux.

Heureusement, il y avait Judith. N'importe quelle tante n'aurait pas accepté de laisser tomber son boulot et revenir s'installer dans une petite ville pour s'occuper de deux nièces orphelines. Quant à Robert, son fiancé, c'était aujourd'hui plus un beau-père qu'un futur oncle par alliance pour Margaret.

Mais Elena se souvenait de ses parents. Peu après les obsèques, il lui était arrivé de venir leur exprimer sa rage, sa colère. Comment avaient-ils pu être stupides au point de mourir dans un accident de voiture ? C'était à l'époque où elle ne connaissait pas encore très bien Judith, et elle avait le sentiment de ne plus avoir de place nulle part sur la planète.

En avait-elle une aujourd'hui ? La réponse semblait facile. Oui, à Fell's Church, où elle avait passé toute sa vie. Mais ces derniers temps, justement, cette réponse ne lui venait pas aussi spontanément. Elle avait l'impression qu'un autre endroit l'attendait, un endroit où elle se sentirait immédiatement chez elle, auquel elle aurait le sentiment d'appartenir.

Une ombre avança au-dessus d'elle et elle leva les yeux, surprise. L'espace d'un instant, les deux silhouettes qu'elle aperçut lui parurent inconnues, vaguement menaçantes. Elle les fixa, pétrifiée.

— Elena, dit la première, la plus petite, mains sur les hanches. Y a vraiment des fois où tu m'inquiètes, tu sais.

Elena cligna des yeux, et laissa échapper un petit rire. C'était Bonnie et Meredith.

— Impossible d'être tranquille deux minutes, dit-elle alors qu'elles s'asseyaient à ses côtés.

— T'as qu'à nous dire de partir, suggéra Meredith.

Elena se contenta de hausser les épaules. Au cours des mois qui avaient suivi l'accident, Bonnie et Meredith étaient souvent venues la chercher là, et tout à coup elle en éprouva de la joie et leur en fut reconnaissante. Sa place était auprès des deux amies qui tenaient à elle. Elle n'était pas gênée qu'elles voient ses yeux mouillés et accepta sans rien dire le mouchoir en papier que lui tendit Bonnie. Elles restèrent assises en silence quelques instants, regardant le vent agiter les branches des chênes qui bordaient le cimetière.

— Je suis désolée de ce qui est arrivé, dit enfin Bonnie à mi-voix. C'est vraiment un coup dur.

— Et on devrait t'appeler miss Tact, ajouta Meredith. Mais c'est quand même pas la cata.

— Tu n'étais pas là, dit Elena. C'était la vraie honte. Mais je m'en fiche complètement. J'en ai fini avec lui. Je n'en veux pas, de toute façon.

— Elena !

— Non, Bonnie, vraiment. Ce type se croit trop bien pour les Américaines. Alors qu'il garde ses lunettes de chez Armatruc et...

Les deux autres pouffèrent de rire. Elena secoua la tête.

— En tout cas, dit-elle en changeant délibérément de sujet, Tanner avait l'air de meilleure humeur, aujourd'hui, hein, Bonnie ?

Cette dernière prit des airs de martyre.

— Tu sais qu'il m'a mise en premier pour les exposés ? Mais bon, je m'en fiche, parce que je vais faire un truc sur les druides et...

— Sur les quoi ?

— Les druides. Des types de l'ancien temps un peu tapés qui érigeaient des menhirs et faisaient de la magie. Je descends d'eux, c'est pour ça que je suis médium.

Meredith étouffa un rire, mais Elena fronça les sourcils.

— Bonnie, hier, dans les lignes de ma main, tu as vraiment vu quelque chose ? demanda-t-elle brusquement.

Bonnie hésita.

— Je... je sais pas. J'ai cru. Mais des fois, je me laisse entraîner par mon imagination.

— Elle savait que tu étais là, dit Meredith. Moi, je pensais aller faire un tour à la cafétéria, mais Bonnie a dit : « Elle est au cimetière. »

— Ah bon, j'ai dit ça ? s'étonna Bonnie. Eh ben, voilà. Ma grand-mère écossaise a des visions, et moi aussi. Ça saute toujours une génération.

— Et tu descends des druides, ajouta Meredith d'un ton solennel.

— Mais c'est vrai ! En Écosse, ils maintiennent les traditions anciennes. Ma grand-mère fait des trucs, vous le croiriez pas. Elle peut te dire qui tu vas épouser et quand tu vas mourir. Moi, elle m'a dit que je mourrais jeune.

— Bonnie !

— Si, si ! Je serai jeune et belle dans mon cercueil. C'est hyper-romantique, non ?

— Je trouve pas, non. C'est dégoûtant, plutôt, dit Elena.

Les ombres s'allongeaient et le vent s'était rafraîchi.

— Et qui vas-tu épouser, Bonnie ? demanda Meredith.

— Je sais pas. Ma grand-mère m'a expliqué le rituel pour le découvrir, mais j'ai encore jamais essayé. Bien sûr, ajouta-t-elle d'un ton théâtral, il devra être outrageusement riche, et beau comme un dieu. Un peu comme notre mystérieux inconnu nommé Stefan. Surtout si personne d'autre n'en veut.

Elle jeta un regard malicieux en direction d'Elena, qui refusa de mordre à l'hameçon.

— Et Tyler Smallwood ? suggéra-t-elle d'un ton innocent. Son père est bourré de fric.

— Et il est pas mal, renchérit Meredith. Bon, évidemment, faut aimer les animaux. Ces grosses dents blanches, ça a tout de même quelque chose de bestial.

Les trois filles éclatèrent de rire. Bonnie arracha une poignée d'herbe et la lança sur Meredith, qui lui renvoya un pissenlit. Au milieu de la bataille, Elena se rendit compte qu'elle allait mieux. Elle était de nouveau elle-même, ne se sentait plus perdue, plus étrangère. Elle était redevenue Elena Gilbert, la reine du lycée Robert E. Lee. Elle tira le ruban abricot qui retenait ses cheveux et secoua la tête.

— Je sais sur quoi je vais faire mon exposé, dit-elle tandis que Bonnie ôtait les brins d'herbe de ses boucles.

— Sur quoi ?

Elena renversa la tête pour contempler le ciel rouge et mauve au-dessus de la colline. Elle inspira profondément, laissa le suspense agir un moment. Puis, d'un ton dégagé, annonça :

— Sur la Renaissance italienne.

Bonnie et Meredith l'observèrent, puis se regardèrent avant d'éclater à nouveau de rire.

— Talaaa ! dit enfin Meredith. Le tigre est de retour.

Elena eut un sourire carnassier. Elle avait retrouvé confiance en elle, et même si elle ne comprenait pas exactement pourquoi, elle était désormais certaine d'une chose : elle n'allait pas laisser Stefan Salvatore s'en tirer à si bon compte.

— Bon, alors, écoutez-moi, vous deux. Personne, je dis bien personne, ne doit être au courant de ça, sinon, tout le lycée se fichera de moi. Et Caroline serait trop contente de profiter de la situation. Mais je le veux toujours, et je l'aurai. Je ne sais pas encore comment mais ça va venir. En attendant, on va lui battre froid.

— *On ?*

— Oui, *on*. Bonnie, bas les pattes, il est à moi, d'accord ? Je dois pouvoir te faire confiance à cent pour cent.

— Attends, dit Meredith en ôtant la broche en émail qui ornait son chemisier pour se piquer le pouce. Bonnie, donne-moi ta main.

— Pour quoi faire ? s'inquiéta cette dernière.

— Parce que je veux t'épouser. À quoi tu penses, banane ?

— Mais... mais... Ah, d'accord ! Aïe !

— À toi, Elena.

Meredith piqua le pouce d'Elena et le pressa pour en faire sortir une goutte de sang.

— Maintenant, reprit-elle, on va serrer nos pouces les uns contre les autres en jurant. Surtout toi, Bonnie. Jure de garder ce secret et de faire tout ce qu'Elena te demandera concernant Stefan.

— Hé, ho ! C'est dangereux, de jurer par le sang, protesta Bonnie, très sérieuse. Ça veut dire qu'il faut respecter son serment, quoi qu'il arrive. Je dis bien quoi qu'il arrive !

— Je sais, dit Meredith, sérieuse à son tour. C'est pour ça que je te demande de le faire. Je me souviens de ce qui s'est passé avec Michael Martin.

Bonnie fit la grimace.

— Mais c'était y a des années, ça, et on a rompu tout de suite. Et puis... Bon, allez, d'accord, je le jure. Je jure de garder ce secret et de faire tout ce qu'Elena me demandera concernant Stefan.

Meredith répéta le serment, puis Elena inspira profondément et conclut :

— Et je jure de ne chercher le repos que lorsqu'il m'appartiendra.

C'était le crépuscule. Une bourrasque de vent froid balaya le cimetière, emportant les feuilles mortes dans un tourbillon. Bonnie frissonna. Elles regardèrent autour d'elles puis rirent nerveusement.

— Il fait nuit, s'étonna Elena.

— On ferait mieux d'y aller, dit Meredith en remettant sa broche.

Bonnie se leva, suçant son pouce. Meredith et Elena l'imitèrent.

— Au revoir, dit doucement Elena à l'adresse de la tombe.

Elle ramassa son ruban orange et le déposa à côté du brin d'impatiens avant de se tourner vers ses amies.

— Rentrons.

Elles descendirent en silence jusqu'à l'église en ruine. Le serment qu'elles venaient de prononcer avait donné un côté solennel à leur réunion et, en passant le long de l'église, Bonnie frissonna de nouveau.

— J'ai froid, murmura Elena en s'arrêtant près de ce qui avait été autrefois la porte de l'église.

La lune n'était pas encore levée ; en bas de la colline, on distinguait à peine l'ancien cimetière avec, au-delà, le pont Wickery. Le vieux cimetière datait de la guerre de Sécession, beaucoup de soldats y étaient enterrés. Avec le temps, les pierres de granit avaient souvent pris des airs penchés, et étaient recouvertes par les herbes folles et les ronces. Elena n'avait jamais aimé cet endroit.

— Ça ressemble à autre chose, hein ? De nuit, je veux dire, murmura-t-elle d'une voix peu sûre.

Elle ne savait pas comment exprimer ce qu'elle ressentait vraiment, l'impression que cet endroit n'était pas fait pour les vivants.

— On peut faire le grand tour, dit Meredith, mais c'est vingt minutes de marche de plus.

— Ça me fait rien de passer par là, dit Bonnie en déglutissant. J'ai toujours dit que je voulais être enterrée ici, dans le vieux cimetière.

— Arrête un peu de parler de ton enterrement ! lâcha Elena d'un ton sec avant de s'engager dans la descente.

Mais plus elle avançait, plus elle se sentait mal à l'aise. Elle ralentit jusqu'à ce que Meredith et Bonnie la rattrapent. Lorsqu'elles atteignirent la première tombe, son cœur se mit à battre la chamade. Elle tenta de faire comme si de rien n'était, mais sentit sa peau réagir malgré elle et la chair de poule en gagner le plus petit centimètre carré. Entre les rafales de vent, tous les bruits semblaient magnifiés. Le crissement de leurs pas sur le tapis de feuilles mortes devint assourdissant.

L'église en ruine n'était plus qu'une sombre silhouette derrière elles, maintenant. L'étroit chemin avançait entre les pierres tombales dont bon nombre étaient plus hautes que Meredith. Suffisamment hautes pour cacher quelqu'un, pensa Elena. Certaines étaient de toute façon inquiétantes, comme celle ornée d'un petit ange qui ressemblait à un vrai bébé — sauf que sa tête était tombée et que quelqu'un l'avait posée juste à côté du corps. Ses grands yeux de granit regardaient dans le vide. Elena était comme fascinée par cette tête, et en la voyant son cœur battit plus vite encore.

— Pourquoi est-ce qu'on s'arrête ? demanda Meredith.

— Je voulais juste... Je suis désolée, murmura Elena.

Mais lorsqu'elle se força à détourner le regard, elle se raidit aussitôt.

— Bonnie ? Bonnie, qu'est-ce qu'il y a ?

Bonnie était immobile, la bouche entrouverte, le regard aussi perdu que celui du petit ange. Elena sentit la peur courir dans ses veines.

— Bonnie, arrête ! Arrête ! C'est pas drôle.

Bonnie ne répondit pas.

— Bonnie ! insista Meredith.

Elena comprit soudain qu'elle devait fuir. Elle se retourna et se mit à courir, mais une voix étrange monta derrière elle, et elle fit volte-face.

— Elena ! appela la voix.

Ce n'était pas celle de Bonnie, mais elle sortait de la bouche de Bonnie. Pâle comme un linge, cette dernière était toujours figée, le regard perdu dans l'obscurité, impavide.

— Elena, répéta la voix. Quelqu'un t'attend ici.

Ce disant, Bonnie tourna la tête dans sa direction. Elena ne comprit pas vraiment ce qui se produisit à cet instant. Il lui sembla que quelque chose bougeait dans l'obscurité, parmi les pierres tombales. Elle hurla. Meredith l'imita. Ensemble, elles se mirent à courir, bientôt suivies de Bonnie, hurlant à son tour.

Malgré les cailloux et les racines qui la firent trébucher, Elena dévala l'étroit sentier. Derrière elle, Bonnie haletait et Meredith, la calme et cynique Meredith, ne trouvait plus sa respiration. Il y eut tout à coup un bruit de feuillage et un cri au-dessus d'elle, dans un chêne, et Elena courut plus vite encore.

— Y a quelque chose là-haut ! hurla Bonnie. Mais qu'est-ce qui nous arrive ?

— Il faut arriver jusqu'au pont ! lança Elena malgré le feu qui lui brûlait les poumons.

Elle ignorait pourquoi, mais elle était certaine qu'au pont, tout irait mieux.

— Cours, Bonnie ! Cours, regarde pas derrière toi ! dit-elle en attrapant son amie par la manche pour l'entraîner.

— J'en peux plus, sanglota Bonnie, pliée en deux par un point de côté.

— Si, tu peux ! Allez, cours ! Cours !

Elle vit le cours d'eau argenté sous la lune avant les deux autres. Les chênes étaient plus espacés, et le pont n'était plus très loin. Elle avait l'impression que ses jambes ne la soutiendraient pas jusqu'au bout et elle sifflait plus qu'elle ne respirait, mais elle s'interdit de ralentir sa course. Là, elle voyait le pont maintenant, il était là, à dix mètres, à cinq mètres, à un mètre.

— Ça y est, haleta Meredith, on y est arrivées.

— T'arrête pas ! Traverse !

Le vieux pont de bois craqua sous leurs pieds, elles atteignirent l'autre berge et alors seulement, Elena lâcha la manche de Bonnie puis s'arrêta.

Meredith était pliée en deux, mains sur les cuisses, cherchant sa respiration. Bonnie pleurait.

— Qu'est-ce que c'était ? Hein ? Qu'est-ce que c'était ? demanda-t-elle.

— Je croyais que c'était toi, l'experte, répondit Meredith. Allez, venez, fichons le camp d'ici !

— Non, tout va bien, maintenant, murmura Elena.

Elle avait les larmes aux yeux et tremblait de tout son être, mais le souffle chaud qu'elle avait senti dans son cou avait disparu. La rivière les en séparait, bouillonnant dans le noir.

— Ça ne peut pas nous suivre jusque-là, ajouta-t-elle.

Meredith la regarda puis se tourna vers l'autre rive plantée de chênes, et enfin vers Bonnie. Elle laissa échapper un petit rire nerveux.

— Ouais, exactement. Ça ne peut pas nous suivre. Mais on peut rentrer quand même, non ? À moins que t'aies envie de passer la nuit ici ?

Un sentiment indicible traversa Elena, qui frissonna.

— Pas ce soir, merci, dit-elle en passant un bras sur les épaules de Bonnie, qui sanglotait toujours. Tout va bien, Bonnie. On est en sécurité, maintenant... Allez, viens, on y va.

Meredith regardait de nouveau vers l'autre rive.

— Le pire, c'est que je ne vois rien, là-bas, dit-elle d'une voix plus calme. Peut-être qu'il n'y avait rien, après tout. Peut-être qu'on a juste paniqué et qu'on s'est fait peur toutes seules. Avec un petit coup de pouce de notre druidesse, là.

Elena ne répondit pas. Mais elle se posait des questions. Beaucoup de questions.

Elles reprirent leur chemin en silence.

5

LA PLEINE LUNE ÉTAIT À SON ZÉNITH lorsque Stefan regagna sa chambre. La tête lui tournait, il se sentait au bord de l'évanouissement, tant à cause de la fatigue que de l'abondance de sang qu'il venait de prendre. Il ne s'était pas gavé de la sorte depuis longtemps, mais l'explosion du Pouvoir tout près du cimetière l'avait emporté, réduisant à néant ses capacités déjà amoindries de contrôle de ses pulsions. Il ne savait toujours pas d'où était venu le Pouvoir exactement. Il observait les trois humaines dans l'ombre lorsqu'il avait jailli derrière lui, faisant fuir les trois jeunes filles. Il s'était retrouvé pris entre la peur de les voir se jeter dans la rivière et le désir de sonder ce Pouvoir afin de trouver sa source. Finalement, il l'avait suivie, *elle*, celle qu'il ne voulait pas voir blessée.

Une silhouette noire s'était envolée en direction des bois au moment où les humaines atteignaient le sanctuaire qu'était pour elle le pont, mais bien que nyctalope, Stefan n'avait pas réussi à distinguer ce dont il s'agissait. Il l'avait regardée s'enfuir en compagnie des deux autres vers la ville. Puis il était retourné vers le cimetière.

L'endroit était calme, débarrassé de ce qui l'avait envahi quelques instants auparavant. Par terre, il trouva un fin ruban de soie qui, pour des yeux ordinaires, aurait été gris dans l'obscurité. Mais lui en vit la vraie couleur et le ramassa. Le serrant dans son poing, il l'approcha lentement de ses lèvres. Le parfum de *ses* cheveux s'en dégageait.

Le tourbillon des souvenirs l'emporta alors. C'était déjà difficile lorsqu'elle n'était pas là, lorsque seul le rayonnement de son esprit venait aiguillonner les limites de sa conscience. Mais être dans la même salle qu'elle au lycée, percevoir sa présence derrière lui, le parfum entêtant de sa peau, c'était plus qu'il n'en pouvait supporter.

Il avait entendu chacun de ses souffles, avait senti sa chaleur contre son dos, capté chaque battement de son doux cœur. Et finalement, il s'était rendu compte avec horreur qu'il s'était abandonné à ce plaisir. Sa langue était passée et repassée sur ses canines, savourant le plaisir douloureux qui s'y accumulait, le stimulant encore davantage. Il s'était délibérément imprégné de son odeur pour ensuite s'abandonner à toutes les visions. Il avait imaginé à quel point son cou serait tendre, comment ses lèvres s'y poseraient, planteraient d'abord de petits baisers ici, puis là, jusqu'à ce qu'il atteigne le creux de sa gorge. Là, il s'était vu se blottir, à l'endroit où son pouls battait violemment contre sa peau délicate. Ses lèvres se seraient enfin entrouvertes, remontant pour révéler des dents impatientes, aiguisées comme de petites dagues, et...

Non. Il avait réussi à se libérer de cette transe au prix d'un effort violent qui l'avait laissé le cœur battant, tremblant de tous ses membres. Le cours avait pris fin, autour de lui, les élèves s'étaient levés et tout ce qu'il avait pu espérer, c'était que personne ne l'avait observé de trop près.

Quand elle lui avait parlé, devoir lui faire face, alors que ses veines et ses mâchoires étaient rendues douloureuses par la faim, avait été un réel supplice. L'espace d'un instant, il avait craint de perdre le contrôle de la situation, de la saisir par les épaules et de plonger vers son cou devant tous les autres. Il ne se rappelait pas comment il était arrivé à s'en sortir, sinon qu'un peu plus tard il avait utilisé son énergie à courir et à faire des pompes. Il devait veiller à ne pas utiliser le Pouvoir, mais cela n'avait pas d'importance. Il était en tout point supérieur aux mortels qui étaient en concurrence avec lui pour entrer dans l'équipe de foot. Il avait une meilleure vue, ses réflexes étaient plus rapides, ses muscles plus développés. D'ailleurs, Matt l'avait assez vite gratifié d'une bonne tape dans le dos et d'un retentissant : « Félicitations ! Bienvenue dans l'équipe ! » Devant le visage ouvert, souriant de Matt, Stefan avait été submergé par la honte. Si tu savais qui je suis, avait-il pensé, tu ne me sourirais pas de la sorte. J'ai été sélectionné grâce à une supercherie. Et la fille que tu aimes — car tu l'aimes, n'est-ce pas ? — occupe toutes mes pensées.

C'était vrai. Malgré tous ses efforts, elle n'avait cessé de l'obséder. Il s'était aventuré dans le cimetière sans savoir pourquoi, mû par une force qui l'avait tiré des bois. Puis il l'avait vue, et avait dû lutter contre lui-même, contre l'envie, jusqu'à ce que le Pouvoir les fasse fuir, elle et ses amies. Ensuite, il était rentré chez lui — après s'être nourri. Après avoir perdu le contrôle de lui-même.

Il ne se souvenait pas exactement comment cela était arrivé, ni comment il avait pu laisser cela se produire. La soudaine entrée en scène du Pouvoir avait tout déclenché, avait réveillé en lui un besoin qu'il tâchait depuis toujours d'étouffer. La soif de chasser. Le besoin de traquer, de sentir la peur et de savourer le triomphe de la mise à mort. Depuis des années — des siècles —, il ressentait cette soif avec une force toujours renouvelée. C'était comme si du feu parcourait ses veines, et que toutes ses pensées étaient aveuglées par le rouge : il ne pouvait penser à rien d'autre qu'à ce goût de fer, à cette couleur primaire, au sang.

Sous l'empire d'une telle exaltation, il s'était lancé à la poursuite des trois filles dans le cimetière. Ce qui aurait pu se produire s'il n'avait pas senti le vieil homme, il n'osait l'imaginer. En arrivant au pont, ses narines avaient capté l'odeur si particulière, si âpre de la chair humaine.

Le sang humain. L'élixir par excellence, le vin interdit. Plus enivrant que n'importe quel alcool, l'essence même de la vie. Et il en avait tellement assez de lutter contre cette envie.

Il avait perçu un mouvement sur la berge, à l'abri du pont, un tas de guenilles avait remué. L'instant d'après, Stefan avait atterri souplement, tel un chat, juste à côté de l'homme. D'un geste brusque, il avait arraché les oripeaux, révélant un visage buriné, ahuri, sur un cou décharné. Ses lèvres s'étaient retroussées.

Et puis il n'y avait plus eu que le bruit de succion.

Maintenant, tandis qu'il montait d'un pas hésitant l'escalier de sa pension, il essayait de ne plus y penser, et de ne plus penser à elle, à celle qui l'avait tenté avec sa chaleur, sa vie. C'était elle qu'il désirait vraiment, mais il devait mettre un terme à ce désir et ne plus jamais penser à cette fille. Pour son bien, et pour le sien. Pour elle, il était le pire cauchemar qui fût, et elle ne le savait même pas.

— Qui est là ? C'est toi mon garçon ? fit une voix éraillée depuis le deuxième étage.

Par-dessus la rampe apparut une tête auréolée de cheveux gris.

— Oui, *signora*... madame Flowers, c'est moi. Je suis désolé de vous avoir dérangée.

— Oh, il faut plus qu'un plancher qui craque pour me déranger. Tu as bien verrouillé la porte derrière toi ?

— Oui, *signora.* Vous êtes... en sécurité.

— Parfait. On a besoin de sécurité, ici. Qui sait ce qui pourrait sortir de ces bois, là derrière, hein ?

Il leva les yeux vers le petit visage souriant à l'œil perçant. Cachait-il un secret, ce regard ?

— Bonne nuit, *signora*.

— Bonne nuit mon garçon.

Dans sa chambre, Stefan se laissa tomber sur le lit et resta un long moment à contempler le plafond en soupente.

En général, il se reposait mal la nuit. Pour lui, dormir à ce moment-là n'était pas naturel. Mais, ce soir, il était fatigué. Sortir à la lumière du jour l'épuisait, et le repas qu'il venait de prendre ne faisait qu'ajouter à son état léthargique. Très vite, il ne vit plus le plafond.

Des lambeaux de mémoire se mirent à flotter dans son esprit. Katherine, si belle ce soir-là près de la fontaine, le clair de lune donnant un aspect argenté à ses cheveux d'un blond pâle. Il avait été si fier d'être assis à ses côtés, d'être celui avec qui elle avait choisi de partager son secret...

— Mais tu peux quand même t'exposer à la lumière du soleil ?

— Oui, bien sûr, du moment que je porte ça.

Elle leva une main fine et blanche, et le clair de lune se refléta dans le lapis-lazuli de sa bague.

— Cependant le soleil me fatigue beaucoup, ajouta-t-elle. Je n'ai jamais été très robuste.

Stefan la regarda, regarda la délicatesse de ses traits et la minceur de son corps. Elle était aussi fine que du verre filé. Non, elle n'avait jamais dû être robuste.

— Enfant, j'étais souvent malade, dit-elle doucement. Et finalement, le médecin a dit que j'allais mourir. Je me souviens que mon père pleurait, et moi, j'étais allongée dans mon lit, trop faible pour bouger. Même respirer me demandait trop d'efforts. J'étais si triste de quitter ce monde, et j'avais froid, si froid.

Elle frissonna puis sourit.

— Mais que s'est-il passé ?

— Je me suis réveillée en pleine nuit et j'ai vu Gudren, ma dame de compagnie, debout à côté de mon lit. Puis elle s'est écartée et j'ai vu l'homme qu'elle avait fait venir. J'ai eu peur. Il s'appelait Klaus et j'avais entendu dire dans le village qu'il était méchant. J'ai supplié Gudren de me sauver, mais elle n'a pas bougé. Quand il a posé sa bouche contre mon cou, j'ai cru qu'il allait me tuer.

Elle se tut. Puis, comme Stefan la regardait avec un mélange d'horreur et de pitié, elle eut un sourire réconfortant.

— Cela ne fut pas si terrible, finalement. J'ai eu un peu mal, au début, mais très vite, la douleur a disparu, et une sensation plaisante m'a envahie. Après qu'il m'eut donné un peu de son sang à boire, je me sentis plus forte que je ne l'avais été depuis des mois. Ensuite, nous avons attendu l'aube ensemble. Lorsque le médecin est revenu, j'étais assise et je discutais, il n'en croyait pas ses yeux. Papa déclara que c'était un miracle et se mit à pleurer de joie. Mais je vais devoir le quitter, bientôt. Un jour il se rendra compte que, depuis cette maladie, je n'ai pas vieilli d'une heure.

Son visage s'était assombri à cette pensée.

— Et jamais tu ne vieilliras ?

— Non. C'est merveilleux, n'est-ce pas, Stefan ? dit-elle avec une joie tout enfantine. Je vais rester jeune et je ne mourrai jamais ! Tu te rends compte ?

Il ne pouvait l'imaginer autrement que telle qu'il la voyait maintenant, adorable, innocente, parfaite.

— Mais... tu n'as pas trouvé cela effrayant, au début ?

— Au début, si, un peu. Mais Gudren m'a montré comment faire. C'est elle qui m'a recommandé de faire fabriquer cette bague sertie d'une pierre qui me protégerait de la lumière du soleil. Tant que j'ai dû garder le lit, elle m'a apporté de grands bols de lait caillé aux épices, et ensuite, de petits animaux capturés par son fils.

— Pas... d'humains ?

Son rire fut cristallin.

— Bien sûr que non. Une colombe suffit à satisfaire tous mes besoins. Gudren dit que si je désire être plus forte encore, je devrai prendre du sang humain, car c'est cette essence de vie-là qui est la plus puissante. Klaus me poussait à faire de même. Il voulait que nous échangions nos sangs une nouvelle fois. Mais le pouvoir ne me fait pas envie. Quant à Klaus...

Elle se tut et baissa les yeux avant de reprendre, à mi-voix :

— Je pense qu'il ne faut pas faire cela à la légère. Je ne boirai du sang humain que lorsque j'aurai trouvé mon compagnon, celui qui sera à mes côtés pour l'éternité.

Elle le regarda d'un air grave. Stefan lui sourit, fier, et un peu étourdi. Il avait du mal à contenir la joie qu'il éprouvait.

Mais c'était avant que son frère Damon ne rentre de l'université. Avant que Damon ne voie les yeux bleus de Katherine, semblables à des joyaux.

Dans sa chambre, Stefan gémit. Puis l'obscurité l'enveloppa un peu plus et de nouvelles images envahirent son esprit.

Il s'agissait de fragments du passé sans lien les uns avec les autres. Quelques scènes illuminées tour à tour par des éclairs. Le visage de son frère, tordu par une colère inhumaine. Les yeux bleus de Katherine, pétillants et vifs, tandis qu'elle tourne et tourne dans sa belle robe blanche. La tache blanche derrière un citronnier. Le poids d'une épée dans sa main. Giuseppe hurlant quelque chose, loin, loin. Le citronnier. Ne pas aller derrière le citronnier. Le visage de Damon, encore, mais cette fois déformé par le rire. Un rire qui sonne comme du verre cassé. Et le citronnier qui est si près, maintenant...

— Damon... Katherine... Non !

Il se redressa brusquement, passa une main tremblante dans ses cheveux, tenta de reprendre son souffle.

Un horrible cauchemar. Cela faisait longtemps qu'un rêve pareil n'était pas venu le torturer. Longtemps qu'il n'avait plus rêvé, à vrai dire. Une fois encore, il vit le citronnier et entendit le rire de son frère.

Un rire qui sonnait un peu trop clairement à ses oreilles. Soudain, sans être vraiment conscient de ce qu'il faisait, Stefan se leva, alla jusqu'à la fenêtre ouverte et contempla l'obscurité.

— *Damon ?*

Il envoya cette pensée grâce au Pouvoir, lança cette interrogation puis resta immobile, écoutant de tous ses sens.

Mais il ne perçut rien, pas la moindre onde de réponse. Tout près, deux oiseaux s'envolèrent. En ville, beaucoup d'esprits étaient endormis, dans les bois, les animaux nocturnes vaquaient à leurs occupations secrètes.

Il soupira et tourna le dos à la fenêtre. Peut-être s'était-il trompé sur le rire. Peut-être s'était-il trompé sur la menace ressentie au cimetière. Fell's Church était un endroit tranquille et paisible, et il allait devoir essayer de l'imiter. Il avait besoin de dormir.

Le 5 septembre

(enfin, le 6 plutôt, car il est une heure du matin)

Cher journal,

Il y a quelques minutes, je me suis réveillée persuadée que quelqu'un hurlait, mais il n'y a pas un bruit dans la maison. Il s'est passé tellement de trucs bizarres ce soir que je dois être un peu sur les nerfs.

Au moins un élément positif : en me réveillant, je savais exactement comment faire pour Stefan. Ça m'est venu comme ça. Le plan B, phase 1, commence demain.

Les yeux de Frances lançaient des éclairs, ses joues étaient cramoisies. Elle s'approcha de la table à laquelle étaient assises les trois filles.

— Elena, faut absolument que je te raconte un truc !

Elena lui sourit, poliment mais pas plus que ça. Cette réaction surprit Frances.

— Je... peux m'asseoir avec vous ? Je viens d'apprendre un truc complètement dingue sur Stefan Salvatore.

— Assieds-toi, dit Elena en beurrant un morceau de pain. Mais tu sais, tes infos ne nous intéressent pas vraiment.

— Quoi ?

Frances regarda Meredith, puis Bonnie.

— Vous rigolez ?

— Pas du tout, dit Meredith en éperonnant un haricot vert avant de le contempler, pensive. On a autre chose en tête aujourd'hui.

— Exactement, renchérit Bonnie après un moment d'hésitation. Stefan, c'est du passé.

Et elle se pencha pour se frotter la cheville.

Frances se tourna vers Elena, son dernier recours.

— Mais je croyais que tu voulais tout savoir sur lui ?

— Par curiosité. Après tout, c'est un nouveau, et je voulais lui souhaiter la bienvenue à Fell's Church. Mais je dois rester fidèle à Jean-Claude.

— Jean-Claude ?

— Jean-Claude, confirma Meredith, levant les yeux au ciel avant de laisser échapper un long soupir.

— Jean-Claude, répéta Bonnie en écho.

Délicatement, avec le pouce et l'index, Elena tira une photo de son sac à dos.

— Là, il est devant la maison qu'on louait. Juste après la photo, il a ramassé une fleur et me l'a donnée en me disant... quelque chose que je ne peux pas répéter, conclut-elle avec un sourire mystérieux.

Frances regarda la photo, qui était celle d'un jeune homme bronzé, torse nu, se tenant devant un buisson d'hibiscus avec un sourire timide.

— Il est plus vieux que toi, non ? remarqua-t-elle d'un ton respectueux.

— Vingt et un ans. Évidemment, ma tante ne serait pas d'accord, alors on a décidé de garder le secret jusqu'à ce que je termine le lycée. On s'écrit en cachette.

— C'est tellement romantique... soupira Frances. J'en parlerai à personne, je te le promets. Mais pour ce qui est de Stefan...

Elena eut un sourire condescendant.

— Question nourriture, en ce qui me concerne, la cuisine française est nettement supérieure à la cuisine italienne. Pas vrai, Meredith ?

— Sans aucun doute. Tu ne crois pas, Frances ?

— Heu, si, si. Sans aucun doute.

Et avec un sourire entendu bien qu'un peu forcé, Frances se leva et s'en alla.

Après son départ, Bonnie se pencha vers les deux autres, l'air piteux.

— Écoutez, les filles, je tiens plus, moi. Il faut absolument que je sache ce qu'on dit sur Salvatore !

— Oh, ce ragot ? répondit calmement Elena. Elle voulait nous annoncer que, d'après la rumeur, Stefan serait un agent de la brigade des stups.

Après un instant de surprise, Bonnie éclata de rire.

— Un quoi ? ! ? Mais c'est complètement débile ! Habillé comme il est, avec des lunettes noires ? Il a tout fait pour qu'on le remarque...

Elle se tut, ses yeux s'écarquillèrent.

— ... mais peut-être que c'était fait exprès ? Qui soupçonnerait quelqu'un de si frimeur ? Et puis il vit seul, il ne parle jamais de lui... Elena ! Et si c'était vrai ?

— Ça ne l'est pas, dit Meredith.

— Qu'est-ce que t'en sais ?

— C'est moi qui ai lancé la rumeur.

Devant l'expression de Bonnie, elle ajouta :

— C'est Elena qui m'a demandé de le faire.

— Ahhhhh... t'es trop, toi ! Est-ce que je peux dire autour de moi qu'il est atteint d'une maladie incurable ?

— Non, tu ne peux pas. J'ai pas envie que toutes les âmes romantiques du coin viennent lui tenir la main. Mais tu peux raconter ce que tu veux à propos de Jean-Claude.

— Qui c'était, ce type ? demanda Bonnie en prenant la photo.

— Le jardinier. Il était dingue de ses hibiscus et il était aussi marié.

— Dommage. Et tu as dit à Frances de n'en parler à personne...

— Oui. (Elena jeta un œil à sa montre.) Ce qui veut dire que d'ici, disons, deux heures, la nouvelle devrait avoir fait le tour du lycée.

Après les cours, les trois filles allèrent chez Bonnie. Un jappement aigu les accueillit et lorsque Bonnie ouvrit la porte, un très vieux et très gros pékinois tenta de s'échapper. Il s'appelait Yang-Tsê et était tellement gâté que personne en dehors de la mère de Bonnie ne le supportait. Il tenta de mordre Elena à la cheville lorsqu'elle passa près de lui.

La salle de séjour était assombrie par de lourdes tentures aux fenêtres et surchargée de meubles de style. Elles y trouvèrent Mary, la sœur aînée de Bonnie. Elle travaillait à l'hôpital de Fell's Church.

— Ah, Bonnie, dit-elle, je suis contente que tu sois là. Bonjour, Elena, bonjour, Meredith.

Les deux amies lui dirent bonjour.

— Qu'est-ce qu'il y a ? lui demanda Bonnie. Tu as l'air crevée.

Au lieu de répondre, Mary lui posa une autre question :

— Dis-moi, hier soir, quand tu es rentrée complètement paniquée, tu m'as dit que tu venais d'où, exactement ?

— Du ci... euh, du pont Wickery.

— C'est bien ce qu'il me semblait.

Elle inspira profondément avant de reprendre :

— Écoute-moi bien, Bonnie McCullough. Tu es priée de ne *jamais* retourner là-bas, et encore moins seule et de nuit. Jamais, tu as bien compris ?

— Mais pourquoi ?

— Parce que la nuit dernière quelqu'un a été attaqué là-bas, voilà pourquoi. Et tu sais où il a été retrouvé ? *Sur la berge, sous le pont Wickery.*

Elena et Meredith la regardèrent, incrédules, tandis que Bonnie saisissait le bras d'Elena.

— Quelqu'un a été attaqué sous le pont ? Mais qui ? Qu'est-ce qui s'est passé ?

— Je n'en sais rien. Ce matin, un des employés du cimetière l'a vu, étendu sur la berge. C'était sans doute un sans-abri qui dormait sous le pont lorsqu'il a été attaqué. Il était à demi mort quand ils l'ont emmené, et depuis, il n'a pas repris conscience. Peut-être qu'il ne se réveillera jamais.

Elena sentit une boule se former dans sa gorge.

— Qu'est-ce que tu veux dire, par « attaqué » ?

— Je veux dire qu'il était quasiment égorgé. Il a perdu énormément de sang. Au début, on a cru que c'était le travail d'un animal, mais le docteur Lowen pense maintenant que c'est l'œuvre d'un être humain. Et la police pense que celui qui a fait ça se cache peut-être dans le cimetière.

Mary les regarda l'une après l'autre, droit dans les yeux.

— Donc, si vous étiez près du pont — ou dans le cimetière, Elena Gilbert —, cette personne y était peut-être en même temps que vous. Pigé ?

— C'est pas la peine de nous faire encore plus peur, Mary, dit Bonnie d'une petite voix. On a compris.

— Très bien. Parfait. (Elle se massa le cou, fatiguée.) Il faut que j'aille m'allonger un moment. Je ne voulais pas jouer les grincheuses, mais il fallait bien que je vous en parle.

Lorsqu'elle fut partie, les trois amies se regardèrent.

— Ça aurait pu être l'une d'entre nous, dit Meredith. Surtout toi, Elena. Tu étais partie toute seule.

Elena avait la chair de poule, son corps tout entier était électrisé, en alerte, comme dans le cimetière. Elle sentait la fraîcheur du vent, voyait les alignements de pierres tombales. Le soleil et le lycée Robert E. Lee ne lui avaient jamais paru aussi lointains.

— Bonnie, dit-elle lentement, as-tu vu quelqu'un là-bas ? Est-ce que c'est ce que tu voulais dire quand tu m'as dit que quelqu'un m'attendait ?

Bonnie la fixa sans comprendre.

— Mais de quoi tu parles ? J'ai jamais dit ça.

— Si, c'est ce que tu as dit.

— Non, j'ai jamais dit un truc pareil.

— Bonnie, intervint Meredith, on t'a entendue toutes les deux. Tu regardais fixement les vieilles tombes et puis tu as dit à Elena...

— Je sais pas de quoi vous parlez ! Je n'ai rien dit du tout ! Et je ne veux plus parler de ça !

Le visage de Bonnie était empreint de colère, mais elle avait les larmes aux yeux. Elena et Meredith se regardèrent, interdites. Dehors, un nuage voila le soleil.

6

Le 26 septembre

Cher journal,

Je suis désolée de ce long silence, je ne sais pas vraiment pourquoi je n'ai pas écrit, sauf qu'il y a tant de choses dont j'ai peur de parler, même à toi.

D'abord, il est arrivé quelque chose de terrible. Le jour où Meredith, Bonnie et moi sommes allées au cimetière, un vieil homme a été attaqué, et presque tué. La police n'a toujours pas trouvé qui a fait ça. Les gens disent que le vieil homme était fou, parce que, quand il a repris conscience, il n'arrêtait pas de parler des « yeux dans le noir », et de chênes et de trucs comme ça. Mais je me souviens de ce qui nous est arrivé ce soir-là, et je me pose des questions. Et j'ai peur.

Pendant un moment, tout le monde avait peur, et les enfants n'avaient plus le droit de sortir après la tombée de la nuit, ou alors en groupe. Mais ça va faire trois semaines, bientôt, et personne d'autre n'a été attaqué, alors les gens se calment un peu. D'après tante Judith, c'est un autre vagabond qui a fait le coup. Le père de Tyler Smallwood dit même que le vieux s'est fait ça lui-même — mais j'aimerais bien savoir comment on peut se mordre la gorge.

En fait, j'ai surtout été occupée par le plan B. Jusqu'à présent, tout va bien. J'ai reçu plusieurs lettres et un bouquet de roses rouges de la part de « Jean-Claude » (l'oncle de Meredith est fleuriste), et tout le monde semble avoir oublié que Stefan ait pu m'intéresser un jour. Donc mon image au lycée est intacte. Même Caroline n'y a rien trouvé à redire.

En fait, je ne sais pas ce que fait Caroline ces temps-ci, et, à vrai dire, je m'en fiche. Je ne la vois plus au déjeuner ou après les cours, j'ai l'impression qu'elle s'est éloignée de tous ceux qu'elle fréquentait avant.

Une seule chose m'intéresse en ce moment. Stefan.

Même Bonnie et Meredith ne se rendent pas compte à quel point il est important pour moi, et j'ai peur de le leur dire, j'ai peur qu'elles me croient folle. À première vue, je suis un exemple de calme et de maîtrise de soi, mais à l'intérieur... Et ça empire chaque jour.

Tante Judith se fait du souci pour moi. Elle trouve que je ne mange pas assez, et elle a raison. En cours, je n'arrive plus à me concentrer, même sur les trucs rigolos comme la collecte de fonds pour la Maison Hantée. Je ne peux me concentrer que sur une chose : lui. Et je ne comprends même pas pourquoi.

Il ne m'a plus adressé la parole depuis cet horrible après-midi. Mais je vais te dire un truc bizarre : la semaine dernière, en cours d'histoire, à un moment, j'ai levé les yeux et j'ai vu qu'il me regardait. On était assis à quelques tables l'un de l'autre, et lui, il était complètement de biais, et il me regardait. Fixement. *J'ai presque eu peur, mon cœur s'est mis à battre plus fort, on est restés comme ça quelques instants, et puis il a détourné le regard. Mais, depuis, c'est arrivé deux autres fois, et chaque fois, j'ai* senti *ses yeux sur moi avant de les voir. C'est la vérité pure, je sais que ce n'est pas mon imagination qui me joue des tours.*

Il est très différent de tous les garçons que je connais.

Il semble tellement seul, tellement à l'écart. Même si c'est délibéré de sa part. Dans l'équipe de foot, il a pas mal de succès, mais en dehors des matches, il ne traîne pas avec les autres joueurs, sauf peut-être avec Matt, de temps en temps. C'est le seul à qui il parle. Apparemment, il ne traîne pas avec les filles non plus, donc il semblerait que la rumeur « brigade des stups » ait fonctionné. Mais, en fait, j'ai l'impression que c'est lui qui évite les gens, et pas le contraire. Entre les cours et après les entraînements, il disparaît, et je ne l'ai jamais vu à la cantine. Il n'a jamais invité personne à la pension où il loge. Il ne va jamais à la cafétéria après les cours.

Ce qui fait que je ne trouve pas comment l'attirer dans un endroit d'où il ne pourra pas me fuir. C'est le vrai problème. Bonnie suggère de me laisser surprendre par un orage avec lui, comme ça, on serait obligés de se serrer l'un contre l'autre pour se tenir chaud. Meredith pense qu'il vaudrait mieux que je simule une panne de voiture juste devant chez lui. Mais je ne trouve pas ça très pratique, et je vais finir par devenir folle à force de chercher une meilleure solution.

Chaque jour est un peu plus difficile. J'ai l'impression d'être une horloge ou un truc comme ça qui est de plus en plus remonté. Et si je ne trouve pas quelque chose très bientôt, je vais...

J'allais dire « mourir ».

Elle trouva la solution tout d'un coup, et le plus simplement du monde.

Elle était navrée pour Matt ; la rumeur « Jean-Claude » l'avait blessé, elle en était consciente. Il ne lui avait pratiquement plus adressé la parole depuis que le bruit de son « aventure française » s'était répandu dans le lycée, et il se contentait d'un hochement de tête lorsqu'il la croisait dans les couloirs. Et quand, un jour, ils tombèrent nez à nez, il évita son regard.

— Matt... commença-t-elle.

Elle aurait voulu lui dire que ce n'était pas vrai, qu'elle n'aurait jamais entamé une nouvelle relation sans mettre d'abord les choses au clair avec lui et qu'elle n'était pas fière de ce qui se passait. Mais elle ne savait pas comment formuler la chose. Pour finir, elle balbutia un « Je suis désolée » et alla rejoindre sa classe.

— Elena, dit-il enfin.

Elle se retourna. Cette fois, il la regardait, elle sentit ses yeux s'attarder sur ses lèvres, ses cheveux.

— Ce Français, il existe vraiment ?

— Non, répondit-elle sans hésiter. Je l'ai inventé, pour que tout le monde sache que je me fichais de...

— De Stefan. Je vois.

Il hocha la tête, l'air un peu plus triste, et un peu plus compréhensif, aussi.

— Écoute, Elena, je sais que c'était pas très sympa de sa part, mais tu n'aurais pas dû le prendre personnellement. Il est comme ça avec tout le monde.

— Sauf avec toi.

— C'est faux. Il me parle, de temps en temps, mais ne me raconte jamais rien de personnel, ne parle jamais de sa famille ou de ce qu'il fait en dehors du lycée. C'est comme... comme s'il y avait un mur autour de lui, un mur que je n'arrive pas à franchir. Ce qui est dommage, parce que, à mon avis, derrière le mur, il y a quelqu'un de très malheureux.

Elena réfléchit à ce qu'elle venait d'entendre, et qui lui révélait Stefan sous un jour nouveau. Il semblait toujours si calme, si sûr de lui. Mais après tout, elle savait que c'était l'image que la plupart de ses condisciples avaient d'elle. Était-il possible que, derrière ce masque, il soit aussi perdu et malheureux qu'elle ?

C'est à ce moment que lui vint l'idée. On ne pouvait pas faire plus simple. Pas de plan compliqué, pas d'orage ni de voiture tombant en panne.

— Matt ? Tu ne penses pas que ce serait une bonne chose si quelqu'un essayait de passer de l'autre côté de ce mur ? Une bonne chose pour Stefan, je veux dire. C'est ce qui pourrait lui arriver de mieux, non ?

Elle lui lança un regard interrogateur, espérant qu'il comprendrait le fond de sa pensée. Il la fixa un moment puis ferma les yeux et secoua la tête.

— Elena, t'es incroyable. Tu embobines les gens sans arrêt et je ne sais même pas si tu t'en rends compte. Tu vas me demander de t'aider à coincer Stefan, et je suis tellement bête que je suis foutu de te dire d'accord.

— Tu n'es pas bête, tu es un gentleman. Et, oui, je vais te demander de me rendre un service, mais je veux que tu ne le fasses que si tu penses que c'est une bonne chose. Je ne veux pas faire souffrir Stefan et je ne veux pas te faire souffrir.

— Ah bon ?

— Non. Je sais que tu as du mal à le croire, mais c'est la vérité. Tout ce que je désire, c'est...

Elle s'interrompit. Comment expliquer ce qu'elle avait en tête alors qu'elle-même ne le comprenait pas ?

— Ce que tu veux, c'est que tout et tout le monde tourne autour d'Elena Gilbert, dit Matt amèrement. Tu ne veux que ce que ce que tu n'as pas encore.

Surprise, elle eut un mouvement de recul. Sa gorge se serra, ses yeux lui piquèrent.

— Arrête, Elena. Arrête de me regarder comme ça, soupira Matt. Bon, d'accord, qu'est-ce que tu veux que je fasse ? Que je le ligote et le dépose sur le pas de ta porte ?

— Non, dit Elena, luttant contre les larmes. J'aimerais juste que tu le persuades de venir à la soirée du lycée, la semaine prochaine.

— C'est tout ?

Matt la regardait d'un drôle d'air. Elle fit oui de la tête.

— O.K. ! Ça devrait pas poser trop de problèmes. Au fait, Elena... il n'y a qu'une personne avec qui j'aie envie d'y aller, à cette soirée, et c'est toi.

— D'accord. Et puis... merci.

— Ne me remercie pas, Elena. C'est rien... vraiment.

Il avait toujours ce drôle d'air. Elle en chercha le sens, mais, déjà, Matt s'était éloigné.

— Arrête de bouger, dit Meredith en donnant à Elena une petite tape réprobatrice.

— Je continue à penser qu'ils sont tous les deux super, dit Bonnie, assise au bord de la fenêtre.

— Qui ? murmura Elena, l'air absent.

— Comme si tu ne le savais pas. Tes deux princes charmants qui ont réussi un miracle hier dans les dernières minutes du match. Quand Stefan a récupéré cette dernière passe, j'ai cru que j'allais m'évanouir. Ou vomir.

— Je t'en prie... soupira Meredith.

— Quant à Matt, ce mec, c'est la poésie faite homme...

— Et ni l'un ni l'autre n'est mon prince charmant, conclut Elena.

Entre les mains expertes de Meredith, ses cheveux étaient en passe de devenir une œuvre d'art, masse aérienne, volutes dorées. Et la robe était parfaite. Le violet givré du tissu faisait ressortir celui de ses yeux. Mais elle se trouvait trop pâle, et froide, avec dans le regard la détermination d'un jeune soldat qu'on envoie sur le front, alors qu'elle se serait voulue les joues rosies par l'excitation et le regard rêveur.

Lorsque, la veille, à l'issue du match, elle avait été déclarée Reine du lycée, elle n'avait pensé qu'à une chose : il ne pouvait pas refuser de danser avec elle. S'il venait au bal, il ne pourrait pas refuser de danser avec la Reine. C'était encore ce qu'elle se disait devant le miroir.

— Ce soir, tu peux tous les avoir, si tu veux, dit Bonnie d'une voix apaisante. D'ailleurs, si tu décides de te débarrasser de Matt, est-ce que je peux le prendre sous mon aile et le réconforter ?

Meredith étouffa un rire.

— Et Ray, alors ?

— Ray, ben... tu t'en occuperas, toi. Parce que tu sais, Elena, Matt, il me plaît vraiment. Et une fois que tu seras arrivée à tes fins avec Stefan, il risque de se sentir de trop, donc...

— Tu fais ce que tu veux. Matt mérite un peu de considération.

Et il n'en obtient pas beaucoup avec moi, pensa Elena. Elle avait encore du mal à croire ce qu'elle était en train de lui faire. Mais il était trop tard pour revenir sur sa décision.

— Voilà, dit enfin Meredith en plaçant la dernière épingle à cheveux dans son œuvre. La Reine du lycée et sa cour sont prêtes. Nous sommes ravissantes.

— C'est le « nous » royal que tu emploies, là ? se moqua Elena.

Mais c'était vrai. Elles étaient ravissantes. Meredith était en fourreau de satin lie-de-vin, Bonnie en taffetas noir.

Quant à elle... Elena se regarda une nouvelle fois. La robe, ça va, pensa-t-elle. Elle lui évoquait des violettes en sucre, celles que sa grand-mère gardait dans un petit pot, de vraies fleurs cristallisées dans le sucre.

Elles se préparaient ensemble, comme d'habitude avant la grande soirée de la rentrée, et ce depuis leur première année au collège — sauf que jusque-là, Caroline avait toujours été avec elles. Elena se rendit compte alors qu'elle ne savait même pas qui serait le cavalier de Caroline ce soir.

Judith et Robert les attendaient dans le salon en compagnie de Margaret, qui était déjà en pyjama.

— Vous êtes adorables, toutes les trois ! s'exclama Judith, aussi excitée que si elle sortait aussi.

Elle embrassa Elena, et Margaret prit sa grande sœur à bras-le-corps.

— T'es belle, lui dit-elle avec la simplicité de ses quatre ans.

Robert regardait Elena, lui aussi. Il cligna des yeux, ouvrit la bouche, la ferma.

— Qu'est-ce qu'il y a, Bob ?

— Heu... dit-il en se tournant vers Judith, presque gêné. En fait, je viens de réaliser que Elena était une autre forme du prénom Hélène. Et je ne sais pas pourquoi, mais je me suis mis à penser à Hélène de Troie.

— Belle et condamnée à périr, commenta Bonnie d'un ton joyeux.

— Exactement, lâcha Robert, sinistre.

Elena ne dit rien.

On sonna à la porte. Matt était là, en blazer bleu, accompagné d'Ed Goff et de Ray Hernandez, les cavaliers de Meredith et Bonnie. Elena chercha Stefan du regard.

— Il doit déjà être là-bas, dit Matt sans qu'elle ait besoin de poser la question. Écoute, Elena...

Il n'eut pas le temps de finir. Les deux autres couples s'étaient mis en route, les entraînant vers les véhicules. Bonnie et Ray montèrent avec eux dans la voiture de Matt et discutèrent pendant tout le voyage.

On entendait la musique depuis le parking. En descendant de voiture, Elena était certaine que quelque chose allait se produire. Le rythme routinier de ces dernières semaines était sur le point de connaître une accélération.

Je suis prête, pensa-t-elle.

La salle où avait lieu la soirée était un kaléidoscope de couleurs et de mouvement. Elle et Matt furent assaillis dès leur arrivée, les compliments plurent sur eux deux. La robe d'Elena, sa coiffure... Matt était une légende en devenir, le nouveau Ronaldo, assuré d'obtenir une bourse d'études grâce à ses prouesses footballistiques.

Dans ce tourbillon étourdissant, Elena chercha une tête brune. Tyler Smallwood la collait comme une sangsue, lui soufflant dans le visage une haleine alcoolisée mêlée d'effluves de *Brut* de Fabergé et de chewing-gum à la menthe. Sa cavalière avait visiblement des envies de meurtre.

Elena ignora l'indésirable, espérant qu'il lui lâcherait les escarpins.

M. Tanner passa non loin de là, un gobelet en carton à la main, le nœud papillon visiblement trop serré pour lui assurer un confort optimal. Bonnie dansait déjà, étincelante sous les spots colorés. Mais nulle part il n'y avait de Stefan.

Encore un effluve de menthe et Elena sentit qu'elle allait être malade. Elle entraîna Matt en direction du buffet, où l'entraîneur de l'équipe de foot, M. Lyman, se lança dans un commentaire *a posteriori* du dernier match. Pratiquement tous ceux qui étaient présents vinrent les voir, en couple ou en groupe, passant quelques minutes à discuter de tout et de rien avec eux avant de s'éloigner pour laisser la place aux suivants. Comme si on était vraiment un couple royal, pensa Elena. Cela la fit sourire, et elle se tourna vers Matt pour voir s'il partageait la même impression, mais il regardait fixement sur sa gauche.

Elle suivit son regard, et là, presque cachée derrière un mur de footballeurs, elle aperçut la tête brune qu'elle cherchait. Reconnaissable entre toutes, malgré la lumière tamisée. Un frisson la parcourut, plus douloureux qu'autre chose.

— Et maintenant ? demanda Matt sans desserrer les dents. On le ligote ?

— Non. Je vais lui demander de danser avec moi, c'est tout. J'attendrai qu'on ait dansé ensemble, si tu veux.

Il secoua la tête. Alors elle traversa la salle en direction de Stefan.

Lentement, elle enregistra un par un tous les détails le concernant. La coupe de sa veste noire était légèrement différente de celle des autres, plus élégante, et il portait un pull en cachemire blanc en dessous. Il se tenait un peu à l'écart des groupes qui l'entouraient, semblait assez calme. Et il ne portait pas ses lunettes.

Il les ôtait pour jouer au foot, évidemment, mais elle ne l'avait jamais vu de près sans elles. Elle se sentit tout à coup fébrile, excitée, comme s'il s'agissait d'un bal costumé et que le moment de baisser les masques était venu. Son regard glissa sur ses épaules, sur sa mâchoire. Ce fut alors qu'il se tourna vers elle.

Elena se savait belle. Ce n'était pas simplement sa robe ou sa coiffure. Elle était belle, elle. Mince, impériale, et animée d'un feu intérieur. Les lèvres de Stefan s'entrouvrirent. Alors elle planta son regard dans le sien. Il avait les yeux verts, du vert des feuilles de chêne en été.

— Bonsoir.

Était-ce vraiment sa voix, si calme, si sûre d'elle ?

— Tu passes une bonne soirée ? continua-t-elle.

Maintenant, oui. Il ne le dit pas, mais elle savait que c'était ce qu'il pensait. Elle le devinait, à la façon dont il la regardait. Jamais elle n'avait été aussi sûre de son pouvoir. Mais il ne semblait pas s'amuser beaucoup, à vrai dire. Une sorte de souffrance durcissait ses traits, comme s'il ne pouvait supporter une minute de plus cet endroit et cette musique.

L'orchestre attaquait justement un slow. Stefan la fixait toujours, la buvait du regard. Ses yeux verts s'assombrissaient sous l'effet du désir. Elle eut soudain l'impression qu'il était capable de la saisir et de l'embrasser brutalement, sans même dire un mot.

— Tu veux danser ? demanda-t-elle doucement.

Je joue avec le feu, avec quelque chose dont le sens m'échappe complètement, pensa-t-elle. Elle se rendit compte alors qu'elle avait peur. Son cœur se mit à battre violemment, c'était comme si ces deux yeux sombres s'adressaient à une partie d'elle-même profondément enfouie. Un instinct plus ancien encore que la civilisation lui ordonnait de fuir.

Elle ne bougea pas. Cette même force qui la terrifiait l'empêchait de faire le moindre mouvement. Elle comprit soudain qu'elle n'avait plus aucun contrôle de la situation, que ce qui arrivait allait bien au-delà de ses capacités de compréhension, et n'avait plus rien à voir avec la normalité. Mais il était impossible de stopper le processus qui venait de se mettre en marche, et quand bien même elle en avait peur, elle en tirait un réel plaisir. C'était le moment le plus intense qu'elle ait jamais vécu avec un garçon, et pourtant, il ne se passait rien. Il la regardait, semblait hypnotisé par elle, et elle le regardait en retour tandis que, entre eux, un flux intense d'énergie circulait avec plus de force que l'éclair. Elle vit son regard s'assombrir, s'avouer vaincu et sentit son cœur bondir dans sa poitrine lorsqu'il lui tendit lentement la main.

Alors tout s'écroula.

— Ooooh, Elena, tu es ravissante !

C'était Caroline, le teint parfaitement hâlé, vêtue d'une robe en lamé doré qui offrait aux regards une surface audacieusement importante de son parfait épiderme. Elle glissa un bras autour de celui de Stefan et lui sourit lascivement. Ensemble, ils formaient un duo étonnant, à l'image de ces couples de top-modèles internationaux, cent fois plus glamour et sophistiqués que tous les autres couples présents.

— Et cette petite robe est tellement *mignonne*, continua Caroline.

Elena ne savait plus que penser. Ce bras, désinvolte et possessif à la fois, autour de celui de Stefan, était l'explication de tout : ce que Caroline avait fait à l'heure du déjeuner ces dernières semaines, ce qu'elle avait fait tout court, d'ailleurs.

— J'ai dit à Stefan que nous devions absolument passer un moment ici, mais nous ne restons pas longtemps. Donc tu ne vois pas d'inconvénient à ce que je me le réserve pour danser, n'est-ce pas ?

Bizarrement, une fois l'effet de surprise passé, Elena avait retrouvé son calme. Elle répondit que non, pas du tout, et regarda Caroline s'éloigner au bras de Stefan. Autour d'elle, tous les visages la fixaient. Elle n'y prêta aucune attention et rejoignit Matt.

— Tu savais qu'il venait avec elle.

— Je savais qu'elle voulait qu'il vienne avec elle. Elle n'a pas arrêté de le coller, au déjeuner, après les cours, elle sait s'imposer, ça oui. Mais...

— Je vois.

Toujours aussi calme, elle parcourut la salle du regard et vit Bonnie approcher et Meredith se lever de table. Elles avaient donc vu. Comme tout le monde, probablement. Sans un mot, elle alla à leur rencontre, et prit instinctivement la direction des toilettes.

Elles étaient combles, aussi Bonnie et Meredith se contentèrent d'abord de remarques sans importance, tout en la regardant, inquiètes.

— Vous avez vu cette robe ? dit Bonnie en serrant la main d'Elena. À mon avis, elle tenait à la superglu, surtout sur le devant. Qu'est-ce qu'elle portera, à la prochaine soirée, de la cellophane ?

— Du film plastique, dit Meredith. Ça va ? ajouta-t-elle à mi-voix.

— Oui.

Elena avait les yeux trop brillants et les pommettes trop rouges. Elle se recoiffa, se repoudra un peu puis tourna le dos à la glace.

Les toilettes s'étaient vidées, les trois amies étaient enfin tranquilles.

— Peut-être que ce n'est pas une si mauvaise chose, finalement, dit Bonnie. Après tout, tu n'as pensé à rien d'autre qu'à lui, ces derniers temps. Ça fait presque un mois que ça t'obsède, cette histoire. C'est peut-être mieux comme ça, et au moins, tu peux penser à autre chose qu'à cette... chasse.

Tu quoque, fili ! pensa Elena.

— Je te remercie de ton soutien.

— Arrête, intervint Meredith. Elle ne veut pas te blesser, elle dit juste que...

— Et je suppose que tu es d'accord ? Bon, très bien. Il ne me reste plus qu'à trouver autre chose, alors. À commencer par des amies.

Sur quoi elle quitta les toilettes, laissant derrière elle Bonnie et Meredith le souffle coupé.

De retour dans la salle, elle se lança à corps perdu dans le tourbillon de la soirée. Elle était plus belle que jamais, et le savait. Elle dansa avec tout le monde, riant trop fort, flirtant avec tous ceux qui se présentaient.

Lorsqu'on l'appela sur la scène pour le couronnement, elle regarda tous les visages souriants à ses pieds, prit les fleurs qu'on lui tendit, s'inclina légèrement pour qu'on la coiffe de la tiare en strass. Les applaudissements furent nourris, tout se passa comme dans un rêve.

Elle se mit à flirter avec Tyler parce qu'il était le plus près de la scène lorsqu'elle en descendit. Puis elle se souvint de ce que lui et Dick avaient fait à Stefan et lui offrit une rose de son bouquet. Matt l'observait, de loin, les lèvres pincées. La cavalière de Tyler, oubliée, était presque en larmes.

Tyler sentait de plus en plus l'alcool, il était rubicond. Ses amis l'entouraient, criant, riant et elle vit Dick avec une petite bouteille dont il versa une rasade dans son verre de punch.

Elle n'avait jamais fréquenté ce groupe jusque-là. Ils l'accueillirent bien volontiers, pleins d'admiration, rivalisant pour capter son attention. Les plaisanteries allaient bon train. Elena en rit, même lorsqu'elles étaient stupides. Le bras de Tyler enlaça sa taille, et elle rit encore plus fort. Du coin de l'œil, elle vit Matt secouer la tête et s'en aller. Les filles étaient surexcitées et les garçons chahutaient de plus en plus. Tyler déposa un baiser mouillé dans le creux de son cou.

— J'ai une idée, annonça-t-il au groupe, serrant Elena contre lui. Si on allait s'éclater ailleurs ?

— Où ça, Tyler ? cria quelqu'un. Chez ton père ?

— Non, je pensais à un endroit où on pourrait laisser notre marque. Le cimetière, par exemple.

Les filles poussèrent des cris d'orfraie. Les garçons se regardèrent.

— Tyler, non, gémit sa cavalière. Tu sais ce qui est arrivé à ce vieil homme. Je ne veux pas y aller.

— Super, alors reste ici.

Tyler tira de sa poche ses clés de voiture et les agita devant le reste du groupe.

— Qui prend le risque ?

— Moi ! répondit Dick.

Un concert d'approbation suivit.

— Moi aussi, déclara Elena d'un ton haut et clair.

Elle sourit à Tyler, qui l'entraîna vers la sortie.

Ils se répartirent dans les différentes voitures. Tyler replia le toit de sa décapotable, Elena s'installa à l'avant tandis que Dick et une certaine Vickie Bennett montèrent à l'arrière.

— Elena ! cria quelqu'un depuis la salle de bal.

— Vas-y, démarre, ordonna-t-elle à Tyler en ôtant sa tiare.

Le moteur vrombit, les pneus crissèrent sur le macadam du parking, et le vent de la nuit balaya le visage d'Elena.

7

BONNIE ÉTAIT SUR LA PISTE DE DANSE, les yeux fermés, et se laissait porter par la musique. Lorsqu'elle entrouvrit les paupières, elle aperçut Meredith qui tentait d'attirer son attention. Elle releva le menton, l'air mutin, mais les gesticulations de son amie devenant de plus en plus insistantes, elle leva les yeux au ciel et obéit. Ray la suivit.

Matt et Ed se trouvaient derrière Meredith. Matt semblait furieux, Ed mal à l'aise.

— Elena vient de partir, dit Meredith.

— On est en démocratie, répondit Bonnie.

— Elle est partie avec Tyler Smallwood. Matt, tu es sûr de ne pas avoir entendu où ils allaient ?

Matt secoua la tête.

— Pour moi, quoi qu'il arrive, elle l'aura mérité. Mais c'est aussi ma faute, d'une certaine manière. Donc, je suppose qu'on devrait aller la chercher.

— Et quitter la soirée ? s'indigna Bonnie. Je ne crois pas.

Elle regarda Meredith, qui articula les mots « tu as promis » puis ajouta à voix haute :

— Je ne sais pas où on va pouvoir la trouver, mais il faut qu'on essaie.

Elle hésita un instant avant d'ajouter :

— Bonnie, tu ne saurais pas, toi, par hasard où elle est ?

— Quoi ? Non, évidemment que non. Je dansais, moi, figure-toi. Au fait, je sais pas si t'es au courant, mais à une soirée, on y va pour danser, non ?

— Toi et Ray, vous restez ici, dit Matt à Ed. Si elle revient, dites-lui qu'on la cherche.

— Bon, eh ben, autant y aller tout de suite, alors, dit Bonnie, de mauvaise grâce.

Elle fit demi-tour et se heurta à une veste noire.

— Pardon ! fit-elle, exaspérée, en réalisant qu'il s'agissait de Stefan Salvatore.

Ce dernier regarda sans rien dire Meredith, Bonnie et Matt quitter la salle, laissant derrière eux Ray et Ed, visiblement peu satisfaits de leur sort.

Il n'y avait pas un nuage, et les étoiles semblaient lointaines et froides. Une partie d'Elena riait et hurlait avec Dick, Vickie et Tyler pour couvrir le bruit du moteur et du vent, une autre partie observait tout cela de très loin.

Tyler se gara à mi-chemin entre le pied de la colline et l'église en ruine et laissa ses phares allumés tandis qu'ils descendaient de voiture. Bien qu'ils aient été plusieurs voitures à quitter le parking du lycée, ils semblaient être les seuls à avoir fait le chemin jusqu'au cimetière.

Tyler ouvrit le coffre et en sortit un pack de six bières.

— Ça en fait plus pour nous, dit-il en en proposant une à Elena.

Elle refusa, tentant d'ignorer le malaise qui la gagnait. Elle avait eu tort de venir, mais il était hors de question qu'elle le reconnaisse maintenant.

Ils s'engagèrent sur le sentier, les filles titubant sur leurs talons hauts, s'accrochant aux garçons. Lorsqu'ils arrivèrent en haut de la colline, Elena resta bouche bée et Vickie poussa un petit cri.

Une énorme boule rouge-orangé était posée à l'horizon. Il fallut un moment à Elena pour réaliser qu'il s'agissait de la lune. Elle était gigantesque et irréelle, comme un décor de film de science-fiction, et brillait d'une lumière terne, morbide.

— On dirait une grosse citrouille pourrie, dit Tyler en lançant une pierre en direction de l'astre.

Elena se força à sourire en entendant la comparaison.

— Et si on entrait ? suggéra Vickie en montrant la porte de l'église, trou noir dans la nuit.

La majeure partie du toit s'était écroulée, mais le clocher était intact, tour solitaire s'élevant haut au-dessus de leurs têtes. Il restait trois murs, le quatrième leur arrivant à mi-cuisses.

Une flamme apparut près du visage d'Elena, qui sursauta avant de voir que Tyler avait sorti son briquet. Il souriait, dévoilant une impressionnante rangée de dents blanches et parfaitement alignées.

— Et si tu allumais mon Bic ?

Elena rit plus fort encore que les autres, pour masquer son malaise. Elle prit le briquet et éclaira la tombe qui se trouvait tout près. Elle n'avait rien de commun avec les autres tombes du cimetière. On aurait dit une très grande boîte en marbre, suffisamment grande pour deux personnes, avec deux gisants sculptés sur son couvercle.

— Thomas Keeping Fell et Honoria Fell, annonça Tyler d'un ton grandiloquent, comme s'il les présentait. On dit que c'est le vieux Thomas Fell qui a fondé Fell's Church. Mais en fait, les Smallwood étaient déjà dans les parages à l'époque. L'arrière-arrière-grand-père de mon arrière-grand-père habitait dans la vallée, près de Drowning Creek...

— ... jusqu'à ce qu'il soit dévoré par les loups, l'interrompit Dick avant de renverser la tête pour hurler à la manière d'un de ces mammifères carnivores.

Il rota en plein milieu de son cri, Vickie pouffa. Une moue agacée traversa le visage de Tyler, qui se força à sourire.

— Je les trouve un peu pâles, Thomas et Honoria, dit Vickie. Une retouche de maquillage ne leur ferait pas de mal.

Elle tira un bâton de rouge à lèvres de son sac et tartina d'écarlate les lèvres de marbre de la statue de la femme. Elena sentit son cœur se soulever une nouvelle fois. Depuis qu'elle était enfant, cette dame pâle et cet homme grave lui avaient toujours inspiré un mélange de respect et d'effroi, avec leurs mains croisées sur la poitrine et leurs yeux clos. Et après la mort de ses parents, elle les avait souvent imaginés allongés de la sorte dans leur tombe. Mais elle leva le briquet un peu plus haut tandis que Vickie traçait des moustaches sur l'homme et lui faisait un nez de clown.

Tyler les regardait.

— Les pauvres ! Ils sont sur leur trente et un et ils n'ont nulle part où aller.

Il posa les mains sur le bord du couvercle de pierre et poussa, essayant de le faire glisser.

— Qu'est-ce que t'en penses, Dick ? Si on les laissait aller passer la soirée en ville ?

Non ! pensa Elena, horrifiée, tandis que Dick et Vickie éclataient de rire. Mais Dick était déjà à côté de Tyler et s'arc-boutait sur le couvercle.

— À trois, dit Tyler. Un, deux, trois !

Elena ne pouvait détacher son regard du visage clownesque — et grotesque — de Thomas Fell. Les deux garçons poussèrent de toutes leurs forces. Mais le couvercle ne bougea pas d'un iota.

— Ce foutu truc doit être bloqué, grogna Tyler en se détournant.

Le soulagement d'Elena fut réel. Essayant de n'en rien montrer, elle s'appuya contre le couvercle pour reprendre ses esprits. C'est alors que la chose arriva.

Elle entendit le bruit de la pierre frottant contre la pierre, et sentit le couvercle bouger sous sa main gauche. Déséquilibrée, elle lâcha le briquet et se mit à hurler. Elle tombait dans la fosse grande ouverte et un vent glacial l'enveloppait. Des cris déchirants lui vrillèrent les tympans.

L'instant d'après, elle était dehors et le clair de lune lui permettait de voir les trois autres. Tyler la prit dans ses bras tandis qu'elle regardait autour d'eux, complètement paniquée.

— T'es dingue ? Qu'est-ce qui s'est passé ? demanda-t-il en la secouant.

— Il a bougé ! Le couvercle a bougé ! Il s'est ouvert et... je sais plus... j'ai failli tomber à l'intérieur. Il faisait si froid...

— Ben dis donc, t'as eu les pétoches, on dirait ! rigola Tyler. Allez, viens, Dick, on va voir ça.

— Non, Tyler... commença Elena.

Mais ils étaient déjà à l'intérieur. Vickie resta à la porte. Elena l'imita, toujours agitée de tremblements. Quand Tyler leur fit signe de les rejoindre, elle ne s'y résolut qu'à contrecœur.

— Regarde, dit-il en levant le briquet qu'il avait ramassé au-dessus du tombeau. Il n'a pas bougé, et Thomas Fell dort toujours du sommeil du juste, on dirait.

Elena vérifia. Le couvercle était parfaitement aligné sur la tombe.

— Je t'assure qu'il a bougé. J'ai failli tomber dedans...

— Bien sûr. Comme tu voudras, mon bébé, dit Tyler en l'attirant contre lui. Elle regarda en direction de Dick et Vickie et s'aperçut qu'ils étaient dans la même position, sauf que Vickie, elle, avait les yeux fermés et semblait en tirer un certain plaisir. Tyler enfouit son visage dans ses cheveux.

— J'aimerais bien retourner à la soirée, maintenant, dit-elle platement.

Le visage s'écarta, il y eut un silence puis Tyler soupira.

— Pas de problème. Et vous deux, vous faites quoi ? lança-t-il à l'intention de Dick et Vickie.

— Je crois qu'on va rester un petit moment, répondit Dick, tout sourire, tandis que Vickie gloussait, sans ouvrir les yeux.

— D'accord.

Elena se demanda comment ils allaient faire pour rentrer, mais elle suivit Tyler sans rien dire, trop contente à l'idée de quitter les lieux. Dehors, cependant, il s'arrêta.

— Écoute, je peux pas te ramener sans te montrer la tombe de mon grand-père, dit-il. Allez, quoi, Elena, ajouta-t-il comme elle émettait une protestation, sois sympa. Il faut que tu la voies, on en est très fiers, dans la famille.

Elena se força à sourire, l'estomac plus noué que jamais.

— D'accord, dit-elle en prenant le chemin du cimetière.

— Non, par là, indiqua Tyler en l'entraînant vers le vieux cimetière. C'est tout près du sentier, tu sais, y a pas de lézard, je t'assure. Regarde, on la voit d'ici.

Il montra quelque chose qui brillait sous la lune, on aurait dit un géant à la tête chauve parfaitement ronde. Elena sentit tout son corps se tendre sous l'effet de la peur. Elle aurait voulu être n'importe où plutôt que dans cet endroit sinistre, parmi les monuments de granit que les siècles avaient laissés de guingois. Le clair de lune projetait d'étranges ombres, entre lesquelles s'étiraient des zones d'une impénétrable obscurité.

— C'est juste la boule, au sommet, pas de quoi avoir peur, expliqua Tyler en lui faisant quitter le sentier en direction de la tombe.

Elle était en marbre rouge. La grosse boule qui la surmontait lui rappela la lune qu'ils avaient vue à l'horizon quelques minutes auparavant et qui maintenant brillait au-dessus de leurs têtes, aussi blanche que les mains de marbre de Thomas Fell.

Elena ne parvenait plus à contrôler ses tremblements.

— Mais il a froid, mon bébé, dit Tyler. Il faut que je le réchauffe.

Elle essaya de le repousser, mais il était trop fort et la maintenait fermement contre lui.

— Tyler, je veux rentrer. Je veux qu'on rentre *tout de suite*.

— Bien sûr, mon bébé, on va y aller. Mais avant, il faut qu'on te réchauffe. Tu as tellement froid.

— *Tyler, arrête !*

Jusque-là, ses mains n'avaient été qu'agaçantes, gênant ses mouvements, mais voilà qu'avec stupeur, elle les sentait maintenant à même sa peau, palpant, cherchant à gagner du terrain. Jamais auparavant Elena ne s'était trouvée dans une situation pareille, sans personne dans les environs pour lui venir en aide. Elle tenta de planter un de ses talons aiguilles dans le cuir des chaussures vernies de Tyler, mais il esquiva le coup.

— Tyler, ôte tes mains de là !

— Allez, Elena, arrête, un peu... Je veux juste te réchauffer, quoi.

— *Tyler, lâche-moi !*

D'un mouvement brusque, elle se dégagea. Tyler chancela, puis perdit l'équilibre et tomba sur elle de tout son poids, la plaquant dans un enchevêtrement de lierre et d'herbes folles.

— Tyler, tu me le paieras cher, je te préviens !

Tyler essaya de rouler sur le côté, soudain pris d'un fou rire, mais c'était comme si ses membres ne lui étaient plus d'aucune utilité.

— Allez, quoi, Elena, panique pas. J'essayais juste de te réchauffer. Elena, la princesse de glace, qui retrouve un peu de chaleur... Ça va mieux, maintenant, non ?

Sa bouche chaude et humide se mit à parcourir le visage d'Elena, coincée sous lui, puis descendit vers sa gorge. Il y eut un bruit de tissu déchiré.

— Oups, désolé, dit Tyler.

Elena tourna la tête, sa bouche rencontra la main de Tyler, qui lui caressait maladroitement la joue. Elle y planta ses dents de toutes ses forces. Le sang jaillit, Tyler hurla et retira sa main.

— Ça va pas ? J'ai dit que j'étais désolé, merde !

Il regardait sa main blessée, furieux. Puis son visage s'assombrit, et lentement, il ferma la main pour brandir un poing.

Avec le calme qui est parfois celui des pires cauchemars, Elena pensa que, cette fois, soit il lui cassait le nez, soit il la tuait. Elle se prépara au pire.

Stefan avait lutté contre l'instinct qui le menait au cimetière. Tout en lui avait tenté de résister. Sa dernière visite remontait au soir où il avait croisé le vieil homme.

À l'évocation de ce souvenir, l'horreur s'instilla en lui. Il aurait juré qu'il n'avait pas saigné le pauvre hère sous le pont, qu'il lui avait pris juste assez de sang pour qu'il ne souffre pas. Mais, à cause du déferlement du Pouvoir cette nuit-là, la plus grande des confusions avait régné dans son esprit. Si déferlement il y avait eu. Peut-être tout cela n'avait-il été que le produit de son imagination. D'étranges choses arrivaient lorsque la faim devenait incontrôlable.

Il ferma les yeux. Il n'aurait pu décrire le choc ressenti en apprenant que le vieil homme avait été hospitalisé, mourant. Comment avait-il pu aller aussi loin ? Tuer, presque, alors qu'il n'avait plus tué depuis...

À cela, il ne voulait plus penser.

Pour l'heure, à l'entrée du cimetière, au cœur de la nuit, il ne voulait qu'une chose, s'en aller. Retourner à la soirée où il avait laissé Caroline, cette créature hâlée par le soleil qui ne risquait absolument rien parce qu'elle ne signifiait absolument rien pour lui.

Mais quelque chose le retenait. Elena était là. Il le sentait, sentait son désarroi. Elena était dans le cimetière, et elle avait des ennuis. Il devait la trouver.

Il avait parcouru la moitié du chemin qui menait au sommet de la colline lorsque la tête commença à lui tourner. Autour de lui, tout se mit à bouger, il dut lutter pour garder son cap, l'église. Des lambeaux de brouillard venaient lui obscurcir l'esprit, il avait toutes les peines du monde à continuer d'avancer. Une indicible faiblesse l'envahissait, en même temps que le sentiment d'impuissance face au vertige.

Il devait... trouver Elena. Mais il n'avait plus de forces... Il devait trouver des forces... pour aider Elena... Il avait besoin de...

Devant lui, la porte de l'église était béante.

Elena vit la lune par-dessus l'épaule gauche de Tyler. C'est la dernière chose que tu vois, pensa-t-elle, et ça convient plutôt bien à la situation. Le cri était resté dans sa gorge, bloqué par la peur.

Et puis quelque chose souleva Tyler et le projeta contre la tombe de son grand-père. C'est en tout cas ce qu'Elena crut comprendre. Elle roula sur le côté, le souffle court, une main maintenant en place sa robe déchirée, l'autre cherchant une pierre, un bâton, quelque chose pour se défendre.

Elle n'en eut pas besoin. Il y eut un mouvement dans l'obscurité et elle vit celui qui l'avait débarrassée de Tyler. Stefan Salvatore. Mais c'était un Stefan qu'elle n'avait jamais vu auparavant : sur le visage aux traits si fins, la fureur avait posé son empreinte blême et froide, et dans les yeux verts, il y avait une lueur meurtrière. Il émanait de Stefan une telle colère, une telle menace qu'Elena eut tout à coup plus peur de lui que de Tyler.

— Je l'ai vu le jour où je t'ai rencontré, dit-il d'un ton dédaigneux. Jamais tu n'apprendras les bonnes manières.

Elena ne le quittait pas des yeux. Elle le regarda s'approcher de Tyler, qui secouait la tête et essayait de se relever. Stefan avançait comme un danseur, avec des mouvements légers et parfaitement maîtrisés.

— Mais ce que je n'avais pas vu, c'est à quel point tu es demeuré.

Il frappa Tyler. Celui-ci n'eut même pas le temps de se protéger et alla heurter une autre tombe. Un filet de sang se mit à couler de son nez. Il se redressa, haletant, et chargea.

— Un gentleman ne s'impose jamais à qui que ce soit, reprit Stefan en le repoussant sans difficulté.

Tyler s'écroula une nouvelle fois, nez dans les buissons et les ronces. Cette fois, il fut plus long à se relever, et le sang coulait de sa lèvre. Il soufflait comme un phoque et se jeta sur Stefan, qui l'attrapa par le revers de son veston, amortissant l'impact sans difficulté, et se mit à le secouer violemment. Les gros bras de Tyler battaient l'air sans atteindre leur objectif.

— Un gentleman n'insulte pas une femme, continua Stefan en le laissant tomber.

Le visage tordu par la douleur, Tyler tenta tout de même de saisir la jambe de son adversaire. Stefan le força à se relever et se remit à le secouer, scandant ses paroles au rythme de ses mouvements.

— Et surtout, surtout, un gentleman ne frappe jamais une femme !

— Stefan ! s'écria Elena.

Tyler était comme un pantin désarticulé. Sa tête dodelinait, il ne réagissait plus. Elle eut peur de ce qu'elle voyait, de ce que Stefan allait peut-être faire. Peur, surtout, de la voix de Stefan, de ce ton si froid, si profondément dénué de pitié.

— Stefan, arrête !

Il tourna brusquement la tête vers elle, surpris, comme s'il avait oublié sa présence. L'espace d'un instant, il la regarda sans la reconnaître, et elle pensa à quelque prédateur, rapace ou bête carnivore incapable d'émotions humaines. Puis la compréhension se lut sur son visage, et son regard perdit un peu de sa noirceur.

Il posa Tyler contre la tombe de marbre rouge, et ce dernier glissa doucement jusqu'à la position assise. Là, Elena fut soulagée de voir qu'il ouvrait les yeux — du moins, le gauche. Le droit avait déjà gonflé et n'était plus qu'une fente.

— Rien de grave, commenta platement Stefan.

Sa peur calmée, Elena se sentait vidée. Le choc, pensa-t-elle. Je suis sous le choc. Et je vais sans doute me mettre à hurler comme une hystérique d'une minute à l'autre.

— Est-ce que quelqu'un peut te raccompagner chez toi ? demanda Stefan de cette voix mortellement glaciale.

Elena pensa à Vickie et Dick, qui faisaient Dieu savait quoi à côté de la statue de Thomas Fell.

— Non.

Elle reprenait peu à peu conscience de l'endroit où elle se trouvait et de sa robe déchirée sur le devant. Mécaniquement, elle serra les bras sur sa poitrine.

— Bon, je te raccompagne, alors.

Un frisson de peur lui parcourut le dos. Elle le regarda, silhouette étrangement élégante entre les tombes, visage si pâle au clair de lune. Elle ne l'avait jamais trouvé aussi... beau qu'en cet instant, mais d'une beauté presque irréelle. Pas simplement étrange, mais inhumaine, parce que aucun être humain ne pouvait projeter une telle aura de pouvoir, ou de distance.

— Merci, c'est très gentil de ta part, dit-elle lentement.

Ils laissèrent Tyler se relever difficilement en s'agrippant à la tombe de ses ancêtres. Lorsqu'ils empruntèrent le sentier en direction du pont, Elena frissonna.

— J'ai laissé ma voiture à la pension, dit Stefan. Et c'est le chemin le plus court.

— Tu es venu par là ?

— Non, je n'ai pas pris le pont. Mais il n'y a rien à craindre.

Elena le crut. Livide et silencieux, il marcha à ses côtés sans la toucher, sauf lorsqu'il ôta sa veste pour la poser sur ses épaules nues. Elle n'aurait pas su expliquer pourquoi, mais elle était certaine qu'il était prêt à tuer quiconque tenterait de la toucher.

Le pont était tout blanc au clair de lune, l'eau de la rivière courait sous son arche en tourbillonnant. Ils passèrent sous les chênes et rejoignirent la route dans le calme le plus total.

Après avoir longé des champs clôturés, véritables océans ténébreux, ils atteignirent une longue allée. La pension où habitait Stefan était une grande bâtisse en briques rouges flanquée de cèdres et d'érables. Toutes les fenêtres étaient éteintes, sauf une.

Stefan ouvrit la porte, ils pénétrèrent dans un petit vestibule et se trouvèrent presque aussitôt au pied d'un escalier. Comme la porte, la rambarde était en chêne clair, ciré au point qu'il brillait.

Ils montèrent au premier étage, sur un palier faiblement éclairé. Là, Elena fut surprise de voir Stefan la faire entrer dans une des chambres et l'inviter à franchir ce qui ressemblait à une porte de placard, derrière laquelle se trouvait un autre escalier, plus étroit, et beaucoup plus raide.

Quel endroit étrange, pensa-t-elle, cet escalier dérobé au cœur de la maison. Aucun bruit de l'extérieur ne pouvait parvenir jusqu'ici. Elle le gravit et déboucha dans une pièce spacieuse constituant le deuxième étage de la pension.

L'éclairage y était presque aussi faible que sur le palier, mais elle distingua tout de même le plancher, et les poutres du plafond en soupente. Chaque mur était percé de hautes fenêtres, et de nombreuses malles étaient éparpillées parmi quelques meubles massifs.

Elle se rendit compte alors que Stefan la regardait.

— Est-ce que... est-ce qu'il y a une salle de bains où je pourrais... ?

D'un mouvement de tête, il lui indiqua une porte. Elle ôta la veste, la lui tendit sans le regarder, et entra.

8

ELENA ÉTAIT ENTRÉE DANS LA SALLE DE BAINS dans un état de reconnaissance hébétée, elle en sortit en colère.

Elle n'aurait su dire comment s'était opéré un tel changement, mais tout en passant en revue les égratignures de son visage et de ses bras, énervée par l'absence de miroir et par le fait qu'elle avait oublié son sac dans la voiture de Tyler, une foule de sentiments commençaient à se bousculer en elle. Et le premier de ces sentiments était la colère.

Ce satané Stefan Salvatore ! Si froid et maître de lui-même tandis qu'il lui sauvait la vie. Qu'il aille au diable avec sa politesse, sa galanterie, et les murs de plus en plus épais et de plus en plus hauts qu'il dressait autour de lui.

Elle retira les épingles à cheveux qui tenaient encore sa coiffure et s'en servit pour fermer le devant déchiré de sa robe. Puis elle se coiffa rapidement à l'aide d'un peigne en os gravé qu'elle trouva sur le rebord du lavabo. Lorsqu'elle sortit de la salle de bains, elle avait le menton haut et les yeux mi-clos.

Il n'avait pas remis sa veste. Il se tenait près de la fenêtre, tête courbée, visiblement tendu. Sans se tourner, il lui indiqua un vêtement de velours sombre posé sur le dossier d'un fauteuil.

— Si tu veux mettre ça par-dessus ta robe...

C'était une longue cape, dont le tissu était souple et précieux. Elena la mit sur ses épaules, en apprécia le contact sensuel sur sa peau, mais elle n'était pas décidée à se laisser amadouer par ce cadeau. Stefan ne s'était pas approché d'elle, ne l'avait même pas regardée en lui parlant.

Alors, délibérément, elle envahit son territoire, fit le tour de la pièce et finit par s'approcher de lui, faisant mine d'examiner de plus près la commode en acajou qui se trouvait sous la fenêtre, et sur laquelle était posée une dague au manche en ivoire et à la garde en agate sertie d'argent. Un objet cruel mais particulièrement beau. À côté se trouvaient une sphère dorée incrustée d'un cadran ainsi que plusieurs pièces d'or.

Elle en prit une, d'abord parce que cela l'intéressait, mais aussi parce qu'elle savait que ce geste agacerait Stefan.

— Qu'est-ce que c'est ?

Il ne répondit pas tout de suite, mais finit par se décider.

— Un florin d'or. Une pièce florentine.

— Et ça ?

— Une montre-pendentif allemande. Fin du XVe siècle. Écoute, Elena...

Elle posa la main sur un petit coffre en métal.

— Et ça ? On peut l'ouvrir ?

— *Non !*

Avec la rapidité de l'éclair, il avait posé sa main sur le coffre, le maintenant fermé.

— Ça ne regarde que moi, ajouta-t-il, de plus en plus tendu.

Elle remarqua que sa main n'avait touché que le couvercle métallique, et pas la sienne. Lorsqu'elle leva les doigts pour l'effleurer, il l'ôta aussitôt.

Alors elle ne put contenir sa colère plus longtemps :

— Attention, dit-elle d'un ton agressif, ne me touche surtout pas, tu pourrais attraper une maladie.

Il se détourna vers la fenêtre.

Elena se remit à déambuler dans la pièce, mais elle sentait qu'il observait son reflet dans la vitre. En la voyant dans un tel état, cheveux clairs relâchés sur le velours sombre, une main pâle tenant le manteau fermé à hauteur de la gorge, il devait penser à une princesse en détresse allant et venant dans sa tour.

Ayant remarqué la trappe dans le plafond, elle pencha la tête en arrière, et entendit alors distinctement une respiration. Elle se retourna et vit que Stefan fixait sa gorge exposée de la sorte. Son regard la troubla. Mais très vite, elle vit son expression se durcir, pour finalement se fermer.

— Je crois que je ferais mieux de te ramener chez toi, dit-il.

Elle aurait voulu l'atteindre, le blesser, le mettre aussi mal à l'aise qu'elle l'était à cause de lui. Mais elle voulait aussi la vérité. Ce jeu commençait à la fatiguer, elle en avait assez de comploter, de conspirer, de tenter de lire dans l'esprit de Stefan Salvatore. Et c'est avec un soulagement mêlé de peur qu'elle s'entendit prononcer les mots qu'elle avait en tête depuis si longtemps.

— Pourquoi me détestes-tu ?

Il la regarda, semblant chercher ses mots, puis répondit :

— Je ne te déteste pas.

— Mais si. Je sais que... ça ne se fait pas de le dire, mais je m'en fiche. Je devrais t'être reconnaissante de m'avoir sauvée ce soir, mais de ça aussi, je me fiche. Je ne t'ai rien demandé, je ne savais même pas que tu étais dans le cimetière. Et une chose est sûre, je ne comprends pas pourquoi tu as fait ça, vu les sentiments que je t'inspire.

— Je ne te déteste pas, répéta-t-il d'une voix douce.

— Depuis le début, tu m'évites comme si... comme si j'avais la lèpre. J'ai essayé d'être gentille avec toi, et tu m'as tout renvoyé en pleine figure. Est-ce que c'est comme ça que se conduit un *gentleman* quand on essaie de lui souhaiter la bienvenue ?

Il voulut prendre la parole, mais elle ne le laissa pas l'interrompre :

— Tu m'as snobée devant tout le monde chaque fois que tu en as eu l'occasion, tu m'as humiliée devant mes amis. Et tu ne m'aurais pas adressé la parole ce soir si cela n'avait pas été une question de vie ou de mort. C'est donc ça, la condition pour entendre un mot de toi ? Il faut risquer de se faire assassiner ? Et encore, maintenant qu'on est là tous les deux, tu refuses de te laisser approcher. Mais qu'est-ce qui cloche chez toi, Stefan Salvatore ? Qu'est-ce qui te force à vivre comme ça ? Pourquoi est-ce que tu te retranches derrière des murs pareils ? Tu ne fais confiance à personne ? Qu'est-ce que tu as, à la fin ?

Cette fois, il ne semblait plus vouloir dire quoi que ce soit. Il regardait ailleurs, le visage fermé. Elena inspira profondément puis redressa les épaules, se força à regarder droit devant elle, même si ses yeux lui piquaient.

— Et qu'est-ce que j'ai, moi, reprit-elle d'un ton moins agressif, qui fait que tu ne m'adresses même pas un regard alors que tu laisses Caroline Forbes te mener par le bout du nez ? J'ai quand même bien le droit de savoir ça, au moins. Ensuite, je ne te dérangerai plus, je ne te parlerai plus, c'est promis. Mais avant de partir, j'aimerais que tu me dises la vérité. Pourquoi me détestes-tu à ce point, Stefan ?

Lentement, il se tourna vers elle et la regarda. La douleur que lut Elena dans ses yeux lui serra le cœur. Cette fois, il contrôlait tout juste sa voix, au prix d'un effort évident. Et Elena ne put s'empêcher de penser : Est-ce donc si grave ?

— Oui, je pense que tu as le droit de savoir, dit-il enfin. Je ne te déteste pas. Je ne t'ai jamais détestée. Mais tu... me rappelles quelqu'un.

Elena resta interdite. Elle s'était attendue à beaucoup de choses, mais pas à ça.

— Je te rappelle quelqu'un que tu connais ?

— Que je connaissais. Mais... en fait, tu n'es pas vraiment comme elle. Elle te ressemblait, mais elle était fragile, délicate. Vulnérable. En apparence comme en réalité.

— Et moi pas ?

— Non. Toi, tu es une battante. Tu es... toi-même.

Pendant un moment, elle ne sut que répondre. Sa colère s'évanouissait face à la douleur qu'elle lisait sur le visage de Stefan.

— Tu étais très proche d'elle ?

— Oui.

— Et que s'est-il passé ?

Le silence fut si long qu'elle crut qu'il ne répondrait pas. Puis enfin il lâcha :

— Elle est morte.

Cette fois, il n'était plus question de colère. Elena pensa aussitôt à la tombe blanche des Gilbert au milieu des herbes folles.

— Tu as dû tellement souffrir, dit-elle. Je suis désolée pour toi.

Il ne répondit pas. Son visage était plus fermé que jamais, il semblait contempler quelque chose de terrible, de bouleversant. Mais il n'y avait pas que du chagrin dans son expression. Il y avait également une culpabilité et une solitude aussi insupportables l'une que l'autre. Devant une telle détresse, Elena oublia tous ses griefs et s'approcha de lui.

— Stefan, murmura-t-elle.

Il ne sembla pas l'entendre, perdu qu'il était dans l'évocation de son malheur. Sans y penser, elle posa une main sur son bras.

— Stefan, reprit-elle, je comprends, tu sais...

— Tu ne peux *pas* comprendre ! explosa-t-il tout à coup.

Le mutisme avait cédé le pas à une colère noire. Il baissa les yeux sur sa main, comme s'il réalisait soudain qu'elle était là, et qu'une telle effronterie de la part d'Elena le mettait hors de lui. Il la repoussa violemment et leva un bras pour l'empêcher de le toucher à nouveau... au lieu de quoi, leurs deux mains s'unirent, et il se mit à serrer celle d'Elena comme si sa vie en dépendait. Stupéfait, il regarda leurs doigts entrelacés.

— Elena... murmura-t-il.

Elle vit l'angoisse dans son regard, comme s'il renonçait à lutter face à un adversaire trop puissant. Le mur s'effondra et elle découvrit enfin ce qu'il y avait derrière.

Alors, vaincu, il approcha ses lèvres de celles d'Elena.

— Attends, arrête-toi là, dit Bonnie. Je crois que j'ai vu quelque chose.

La Ford brinquebalante de Matt ralentit puis se gara sur le bord de la route. Quelque chose de blanc brillait non loin de là, et une silhouette venait vers eux.

— Mon Dieu, murmura Meredith. C'est Vickie Bennett.

La jeune fille avança en trébuchant dans la lumière des phares, agitant les bras. Elle était décoiffée, avait le regard vitreux et le visage maculé de mascara et de terre. Et elle portait en tout et pour tout une combinaison blanche très fine.

— Faites-la monter, dit Matt.

Déjà, Meredith allait à la rencontre de Vickie.

— Qu'est-ce qui t'est arrivé ? Tu vas bien ?

Hébétée, regardant droit devant elle, Vickie répondit par un gémissement. Puis, tout à coup, elle sembla voir Meredith, lui saisit le bras et planta ses ongles dedans.

— Allez-vous-en d'ici, dit-elle.

Sa voix était étrange, épaisse, comme si elle avait quelque chose dans la bouche.

— Partez d'ici, tous ! Vite ! Il arrive !

— Qu'est-ce qui arrive, Vickie ? Et où est Elena ?

— Allez-vous-en, *maintenant*...

— Viens, on t'emmène avec nous, dit Meredith en l'entraînant vers la voiture. Mais tu dois nous dire ce qui s'est passé. Bonnie, passe-moi ton étole, Vickie est gelée.

— Elle a été battue, dit Matt. Elle est en état de choc. Mais où sont les autres ? Vickie, Elena était avec toi ?

Cachant son visage dans ses mains, Vickie se mit à sangloter tandis que Meredith l'enveloppait dans l'étole de Bonnie

— Non... hoqueta-t-elle. Dick... On était dans l'église... c'était horrible. C'est arrivé... comme du brouillard, tout autour de nous. Du brouillard noir. Et des yeux. J'ai vu des yeux dans le noir, des yeux qui brûlaient. Ils m'ont brûlée...

— C'est le délire complet, dit Bonnie. Ou c'est de l'hystérie, je sais pas.

— Vickie, dit Matt d'une voix haute et distincte, s'il te plaît, dis-nous si Elena était avec vous. Que lui est-il arrivé ?

Vickie leva les yeux.

— Je... je ne sais pas. Dick et moi, on était seuls. On était en train de... Et puis, tout à coup, on a été comme pris dans cette chose. Je n'ai pas pu m'enfuir. Elena avait dit que la tombe s'était ouverte, peut-être que ça venait de là. C'était horrible.

— Ils étaient dans le cimetière, dans l'église en ruine, interpréta Meredith. Et Elena était avec eux. Regardez ça, un peu.

À la lumière du plafonnier, ils pouvaient distinguer les écorchures qui zébraient le cou de Vickie jusqu'à la naissance de sa poitrine.

— On dirait des griffures d'animal, dit Bonnie. Un chat, peut-être.

— Ce n'est pas un chat qui a attaqué le vieil homme sous le pont, dit Matt, mâchoires serrées, yeux fixés sur la route.

— Matt, dit Meredith en suivant son regard, nous devons d'abord emmener Vickie. Il le faut. Écoute, je suis aussi inquiète que toi pour Elena, mais Vickie a besoin d'un médecin et nous de la police. On n'a pas le choix. Il faut rentrer.

Matt fixa la route encore un grand moment, puis soupira avant de claquer sa portière, redémarrer et faire demi-tour.

Pendant tout le trajet, Vickie parla des yeux qu'elle avait vus dans le noir en geignant.

Elena sentit les lèvres de Stefan rencontrer les siennes.

Et ce fut... aussi simple que ça. Il n'y eut plus de questions, plus de peurs, plus de doutes. Ce qu'elle ressentait n'était pas seulement de la passion, c'était aussi une tendresse et un amour si forts qu'elle en tremblait intérieurement. En d'autres circonstances, l'intensité de ce moment l'aurait effrayée, mais en présence de Stefan, elle s'aperçut qu'elle n'avait peur de rien.

Elle se sentait enfin chez elle.

Ici, auprès de Stefan, elle était chez elle.

Il se redressa légèrement, et elle sentit qu'il tremblait.

— Oh, Elena, murmura-t-il. Nous ne pouvons pas...

— Trop tard, murmura-t-elle en retour avant de l'attirer vers elle.

C'était comme si elle captait ses pensées, ses sentiments. Le plaisir et le désir les parcouraient tous les deux, les rapprochaient, les unissaient. En Stefan, elle sentit les mêmes émotions. Il voulait la serrer dans ses bras pour l'éternité, la protéger de tout, la défendre contre toute menace. Il voulait unir sa vie à la sienne.

Ses lèvres étaient tendres, elle eut presque du mal à en supporter la douceur. *Oui*, pensa-t-elle. Des sensations incroyables parcouraient son corps, répandant en elle une vague de bien-être. Elle se sentait baigner dans l'amour de Stefan, un amour qui brillait en elle, éclairait toutes les zones d'ombre de son âme. Elle trembla de plaisir, d'amour, et de désir.

Lentement, il se redressa et ils se regardèrent dans les yeux avec un bonheur étonné.

Il était inutile de parler. Les mots n'avaient pas leur place dans un tel moment. Il lui caressa les cheveux d'un geste si léger qu'elle le sentit à peine, comme s'il avait peur qu'elle ne se casse entre ses mains. Elle comprit alors que ce n'était pas la haine qui l'avait poussé à l'éviter si longtemps. Non, cela n'avait rien à voir avec de la haine.

Elena n'avait aucune idée du temps qui s'était écoulé lorsqu'ils descendirent sans faire de bruit l'escalier de la pension. En n'importe quelle autre occasion, elle aurait été surexcitée à l'idée de monter dans l'élégante voiture noire de Stefan, mais, ce soir-là, elle y fit à peine attention. Tout le long du chemin à travers les rues désertes, il lui tint la main.

La première chose qu'elle vit lorsqu'ils arrivèrent dans sa rue fut les gyrophares. Elle eut presque du mal à parler après un si long moment de silence.

— C'est la police. Et il y a la voiture de Robert dans l'allée. Celle de Matt, aussi. Je me demande ce qui s'est passé, reprit-elle. Tyler ne leur a quand même pas déjà dit... ?

— Il est stupide, mais pas à ce point.

Il se gara derrière une des voitures de police et, à contrecœur, Elena lâcha sa main. Elle aurait aimé rester pour toujours seule avec Stefan, et ne jamais avoir à faire face au reste du monde. Mais c'était impossible.

La porte d'entrée était ouverte et tout ce qui ressemblait de près ou de loin à une lampe était allumé dans la maison. Lorsqu'elle franchit le pas de la porte, au moins une dizaine de visages se tournèrent vers elle, et elle eut soudain conscience de l'image qu'elle devait renvoyer, drapée dans une cape de velours noir, avec Stefan Salvatore à ses côtés. Et puis tante Judith se précipita pour la prendre dans ses bras.

— Elena ! Dieu merci, tu n'as rien ! Mais où étais-tu ? Pourquoi n'as-tu pas appelé ? Tu te rends compte du souci que tu nous as causé à tous ?

Elena regarda l'assemblée, stupéfaite. Elle ne comprenait rien.

— Nous sommes heureux que tu sois là, c'est tout, dit Robert.

— J'étais à la pension, avec Stefan, expliqua Elena d'une voix hésitante. Tante Judith, je te présente Stefan Salvatore. Il loue une chambre là-bas. C'est lui qui m'a ramenée.

— Merci, dit Judith à Stefan avant de prendre Elena par les épaules et de détailler sa tenue. Mais enfin, que s'est-il passé ? Ta coiffure, ta robe...

— Vous ne savez pas ? Donc c'est que Tyler ne vous a rien dit. Mais pourquoi la police est-elle là, alors ?

Instinctivement, elle se rapprocha de Stefan, et le sentit venir à sa rencontre, dans un mouvement protecteur.

— La police est ici parce que Vickie Bennett a été attaquée dans le cimetière, cette nuit, dit Matt.

Bonnie, Meredith et lui se tenaient derrière Judith et Robert, apparemment soulagés, et surtout très fatigués.

— On l'a trouvée il y a deux ou trois heures, et depuis, on te cherchait.

— *Attaquée ?* Mais attaquée par qui ?

— Personne ne sait, dit Meredith.

— En fait, il n'y a sans doute pas de quoi s'inquiéter vraiment, expliqua Robert d'un ton qui se voulait réconfortant. Le médecin dit qu'elle a une vilaine estafilade et qu'elle avait bu. Tout cela n'est peut-être que le produit de son imagination.

— Ces griffures n'avaient rien à voir avec son imagination, intervint Matt, poli mais déterminé.

— Quelles griffures ? Mais de quoi parlez-vous ? demanda Elena, interrogeant du regard chacun de ses interlocuteurs.

Alors Meredith lui raconta brièvement comment ils avaient trouvé Vickie.

— Elle n'arrêtait pas de répéter qu'elle ne savait pas où tu étais, qu'elle était seule avec Dick quand c'est arrivé. Et quand on l'a amenée ici, le médecin a dit qu'il ne voyait pas vraiment ce qu'elle avait. En dehors des griffures, elle n'a rien, et ça pourrait être l'œuvre d'un chat.

— Elle n'avait aucune autre marque ? demanda Stefan d'un ton sec.

C'était la première fois qu'il prenait la parole, et Elena le regarda, surprise du ton qu'il employait.

— Non, répondit Meredith. Évidemment, ce n'est pas un chat qui pouvait lui déchirer sa robe, mais Dick, lui, aurait pu. Ah, et puis sa langue a été mordue, aussi.

— *Quoi ?*

— Salement mordue, même. Elle a dû beaucoup saigner, et parler lui fait mal.

À côté d'Elena, Stefan s'était figé.

— Est-ce qu'elle sait ce qui est arrivé ?

— Elle était complètement hystérique, dit Matt. On aurait dit une folle, elle racontait n'importe quoi. Pendant tout le voyage, elle n'a pas arrêté de parler d'yeux, de brouillard noir, et du fait qu'elle ne pouvait pas s'enfuir — c'est ce qui fait dire au médecin qu'elle a eu une hallucination. En tout cas, d'après ce qu'on a pu comprendre, le fait est que Dick Carter et elle étaient dans l'église en ruine vers minuit et que quelque chose les a attaqués.

— Dick n'a pas été attaqué, précisa Bonnie, ce qui prouve au moins que cette chose a du goût. La police l'a retrouvé endormi à même le sol dans l'église, il cuvait sa bière et il ne se souvient de rien du tout.

Elena avait à peine écouté les derniers mots. Stefan n'allait pas bien. Elle n'aurait pu dire comment elle le savait, mais elle en était certaine. Il s'était raidi quand Matt avait pris la parole, et maintenant, même s'il n'avait pas bougé, elle sentait qu'entre eux la distance était de plus en plus grande, comme s'ils se trouvaient sur deux morceaux de banquise dérivant chacun de son côté.

De cette horrible voix froide et sèche qu'elle avait entendue chez lui, il demanda :

— Dans l'église, tu dis, Matt ?

— Oui, dans l'église en ruine.

— Et tu es certain qu'elle a dit qu'il était minuit ?

— Elle n'en était pas sûre à cent pour cent, mais ça devait être dans ces eaux-là, on l'a retrouvée peu après. Pourquoi ?

Stefan ne répondit pas. Elena sentit le gouffre s'élargir entre eux.

— Stefan, murmura-t-elle, avant de répéter, plus fort : Stefan, qu'est-ce qu'il y a ?

Il secoua la tête. Ne me chasse pas de ton esprit, le supplia-t-elle en pensée. Mais il ne la regarda même pas.

— Est-ce qu'elle va s'en sortir ? demanda-t-il plus abruptement que jamais.

— Le médecin a dit qu'elle n'était pas vraiment mal en point. Personne n'a envisagé une seconde qu'elle puisse mourir.

Stefan hocha la tête, puis se tourna vers Elena.

— Je dois rentrer. Tu es en sécurité, maintenant, de toute façon.

Elle le prit par la main comme il faisait demi-tour.

— Bien sûr que je suis en sécurité. Grâce à toi.

— Oui.

Mais déjà, son regard était redevenu terne, impénétrable.

— Appelle-moi demain, d'accord ? dit-elle, serrant fort sa main, tentant de lui transmettre de cette manière ce qu'elle ressentait sous ces regards interrogateurs, l'adjurant de comprendre.

Il regarda leurs deux mains sans réagir, puis, lentement, leva les yeux vers elle et plongea son regard dans le sien. Alors, enfin, il serra sa main en retour.

— D'accord, Elena, murmura-t-il avant de s'en aller.

Elle inspira profondément et se tourna vers les autres. Judith allait et venait, sans cesser de fixer la cape en velours noir, et ce qu'on apercevait de la robe de soirée déchirée, en dessous.

— Elena, dit-elle enfin, que s'est-il passé ?

Et elle accompagna sa question d'un regard en direction de la porte que venait de franchir Stefan.

Alors Elena sentit monter de sa gorge un rire qu'elle eut toutes les peines du monde à retenir.

— Stefan n'a rien fait ! Il m'a sauvée !

Et, s'adressant à l'officier de police qui se tenait derrière sa tante, elle ajouta :

— C'est Tyler, qui m'a fait ça. Tyler Smallwood...

9

ELLE N'ÉTAIT PAS LA RÉINCARNATION de Katherine.

Sur le chemin du retour, dans le calme qui précède l'aube, Stefan songeait à Elena.

Il lui avait dit le contraire, et le pensait sur le moment, mais il se rendait compte maintenant qu'il lui avait fallu du temps pour arriver à cette conclusion. Il avait enregistré chaque souffle, chaque mouvement d'Elena depuis des semaines, et avait noté toutes les différences.

Ses cheveux étaient un peu plus clairs que ceux de Katherine, ses cils et ses sourcils un peu plus foncés. Ceux de Katherine étaient presque argentés. Et puis elle était plus grande que Katherine, d'au moins une tête. Elle se déplaçait avec plus d'aisance, aussi ; les filles de cette époque étaient plus à l'aise avec leur corps.

Même ses yeux, qui pourtant l'avaient frappé le premier jour, même ses yeux n'étaient pas vraiment les mêmes. Ceux de Katherine étaient souvent pleins de l'émerveillement propre aux enfants, ou baissés, comme devaient l'être ceux d'une jeune fille digne de ce nom à la fin du XVe siècle. Ceux d'Elena plongeaient droit dans les vôtres et vous regardaient sans ciller. Et parfois, la détermination ou le défi les étrécissaient, ce qui n'arrivait jamais chez Katherine.

La grâce, la beauté étaient les mêmes. Mais là où Katherine avait été un chaton blanc, Elena était une tigresse des neiges.

Et, tout à coup, le souvenir s'imposa. Stefan tenta de ne pas y penser, de ne pas se laisser... mais déjà, les images défilaient dans son esprit. C'était comme si le journal s'était ouvert devant lui et qu'il n'avait d'autre solution que de lire la page qui lui était présentée.

Blanc. Katherine était vêtue de blanc, ce jour-là. Elle portait une nouvelle robe en soie de Venise à manches fendues pour laisser entrevoir la finesse du lin de la chemise qu'elle portait en dessous. Autour de son cou brillait un collier d'or et de perles et à ses oreilles pendaient de ravissantes petites boucles de perles.

La nouvelle robe commandée pour elle par son père lui avait tellement plu qu'elle avait tourné longtemps devant Stefan pour qu'il admire la légèreté de la soie blanche et la richesse du brocart jaune qui se trouvait en dessous...

— Regarde, elle est même brodée à mes initiales. C'est papa qui l'a fait faire. *Mein lieber Papa*...

Elle s'interrompit, cessa de tournoyer devant lui.

— Mais qu'y a-t-il, Stefan ? Tu ne souris pas.

Il n'arrivait même pas à se forcer. La vue de Katherine dans cette robe aux reflets éthérés était un supplice physique pour lui. S'il la perdait, il doutait de pouvoir continuer à vivre.

Ses doigts se refermèrent convulsivement sur le métal gravé, froid.

— Katherine, comment pourrais-je sourire, comment pourrais-je être heureux quand...

— Quand ?

— Quand je vois comment tu regardes Damon.

Voilà, c'était dit. Il poursuivit, péniblement :

— Avant son retour, nous étions ensemble tous les jours. Mon père et le tien en étaient satisfaits et faisaient des projets de mariage. Mais aujourd'hui, les jours sont plus courts, l'été s'achève, et tu passes autant de temps avec Damon qu'avec moi. Si mon père a accepté qu'il reste ici, c'est uniquement parce que tu le lui as demandé. Mais pourquoi as-tu fait une chose pareille, Katherine ? Je pensais que tu tenais à moi.

La consternation assombrit le regard bleu de Katherine.

— Je tiens à toi, Stefan. Tu le sais bien !

— Alors pourquoi intercéder en faveur de Damon auprès de mon père ? Sans toi, il l'aurait renvoyé...

— Ce qui t'aurait à coup sûr fait plaisir, petit frère.

La voix était posée et arrogante, mais lorsque Stefan se retourna, il vit que le regard de son frère était de braise.

— Non, ce n'est pas vrai, dit Katherine. Stefan ne souhaiterait jamais te voir souffrir.

Un rictus tordit les lèvres de Damon, qui jeta un regard désabusé à Stefan avant de rejoindre Katherine.

— Peut-être, mais mon frère a raison sur un point au moins. Les jours raccourcissent, et bientôt ton père quittera Florence. Et tu partiras avec lui... à moins d'avoir une raison de rester.

À moins d'avoir un mari auprès de qui rester. Les mots n'avaient pas été prononcés, mais ils les avaient entendus tous les trois. Le baron aimait trop sa fille pour la marier contre sa volonté. Le moment venu, Katherine serait seul juge.

Maintenant que le sujet était abordé, Stefan ne pouvait garder le silence.

— Katherine sait qu'elle devra bientôt quitter son père, commença-t-il, révélant ce qui devait rester secret.

Mais Damon ne parut pas surpris.

— Ah, oui, avant que le brave homme ne commence à avoir des soupçons. Car même le plus aimant des pères finit par se poser des questions quand sa fille ne se montre que le soir venu.

La colère et la douleur anéantirent Stefan. C'était donc vrai. Damon savait. Katherine avait partagé son secret avec son frère.

— Pourquoi lui as-tu dit, Katherine ? Pourquoi ? Que vois-tu en lui, sinon un homme qui ne cherche rien d'autre que son propre plaisir ? Comment pourrait-il te rendre heureuse alors qu'il ne pense qu'à lui ?

— Et comment ce *garçon* pourrait-il te rendre heureuse alors qu'il ne connaît rien du monde qui nous entoure ? rétorqua Damon d'un ton sec et méprisant. Comment pourrait-il te protéger alors qu'il n'a jamais affronté la réalité ? Il a passé sa vie parmi les livres et les tableaux. Qu'il reste dans son cocon !

Désespérée, Katherine secouait la tête, les larmes aux yeux.

— Vous ne comprenez rien, ni l'un ni l'autre, dit-elle. Vous pensez que je peux me marier et m'installer ici, comme n'importe quelle autre dame de Florence. Mais je ne peux pas être comme n'importe quelle dame. Comment pourrais-je tenir une maison, avec des serviteurs qui observeront le moindre de mes gestes ? Comment pourrais-je vivre en compagnie de gens qui verront que je ne vieillis pas ? Envisager une vie normale est impossible pour moi.

Elle inspira profondément, regarda les deux frères, l'un après l'autre avant de reprendre :

— Celui qui choisira d'être mon époux devra renoncer à la lumière du jour. Il devra choisir de vivre avec la lune, dans l'obscurité.

— Alors tu dois choisir un homme qui n'a pas peur de l'ombre, dit Damon avec une intensité dans la voix qui surprit Stefan, car il n'avait jamais entendu son frère parler si franchement, de manière si peu affectée. Katherine, regarde mon frère : pourra-t-il renoncer à la lumière du jour ? Il est trop attaché à la vie ordinaire, ses amis, sa famille, sa fonction à Florence. Les ténèbres le détruiraient.

— Menteur ! s'écria Stefan. Je suis aussi fort que toi, et je n'ai peur de rien, que ce soit dans l'ombre ou sous le soleil. Et j'aime Katherine plus que mes amis ou que ma famille...

— Ou ta fonction ? L'aimes-tu suffisamment pour renoncer à cela aussi ?

— Oui. Je l'aime suffisamment pour renoncer à tout.

Damon eut un de ses petits sourires fugaces, dérangeants. Il se tourna vers Katherine :

— Il semblerait donc que ce soit à toi de choisir. Tu as deux courtisans. Accorderas-tu ta main à l'un d'eux, ou à aucun ?

Katherine baissa la tête un instant, puis leva les yeux et regarda les deux frères.

— Laissez-moi réfléchir jusqu'à dimanche. Et en attendant, ne me harcelez pas de questions.

— Et dimanche ?

— Dimanche soir, au crépuscule, mon choix sera fait.

Le crépuscule... la profondeur violacée du crépuscule...

Autour de Stefan, les teintes veloutées pâlirent et il ouvrit les yeux. Ce n'était pas le crépuscule, mais l'aube, qui colorait ainsi le ciel. Perdu dans ses pensées, il était allé jusqu'à l'orée de la forêt.

Non loin de là, il voyait le vieux pont Wickery et le cimetière. De nouveaux souvenirs lui firent battre le cœur, de plus en plus fort.

Il avait dit à Damon qu'il était prêt à renoncer à tout pour Katherine. Et il l'avait fait. Pour elle, il avait renoncé à la lumière du jour et était devenu une créature de la nuit. Un chasseur condamné à être poursuivi jusqu'à la nuit des temps, un voleur devant dérober la vie pour se remplir les veines.

Et peut-être un assassin.

Non, ils avaient dit que la fille, Vickie, n'allait pas mourir. Mais sa prochaine victime, qui sait ? Le pire était qu'il n'avait aucun souvenir de ce qui était arrivé. Il se souvenait de la faiblesse, du besoin irrépressible, et il se souvenait d'avoir franchi le seuil de l'église en titubant. Mais ensuite, plus rien. Il était revenu à lui dehors, le cri d'Elena résonnant dans ses oreilles, alors il s'était précipité à son secours, sans même se demander ce qui avait pu se passer.

Elena... Une vague de joie pure et d'admiration mêlée de respect le parcourut ; il oublia tout le reste. Elena, rayonnante comme le soleil, douce comme le matin mais plus solide que l'acier. Elle était comme un feu brûlant sous la glace, comme le tranchant d'une dague en argent.

Mais avait-il le droit de l'aimer ? Le simple fait qu'il éprouve des sentiments pour elle la mettait en danger. Qu'arriverait-il si, la prochaine fois que la faim se ferait sentir, elle était l'être humain le plus proche, la source de sang chaud et rénovateur à portée de main ?

Je mourrai avant de la toucher, se jura-t-il. Je mourrais de soif plutôt que de lui ouvrir les veines. Et je fais le serment de ne jamais lui révéler mon secret. Elle ne devra jamais renoncer à la lumière pour moi.

Derrière lui, le ciel s'éclaircissait. Avant de s'en aller, il lança une pensée de toute la force de sa douleur, à la recherche d'un autre Pouvoir, d'une autre solution que celle qu'il avait dû accepter dans l'église.

Mais rien ne lui arriva en retour, pas l'ombre d'une réponse. Le cimetière le narguait en silence.

Elena ouvrit les yeux. Les rayons du soleil filtraient par les rideaux de sa chambre, et à leur inclinaison, elle devina qu'il devait être très tard. Elle avait l'impression de sortir d'une longue grippe, ou d'être le matin de Noël. Elle s'assit dans son lit.

Aïe ! Elle avait mal partout. Mais elle et Stefan... et cela compensait tout le reste. Cet ivrogne de Tyler... n'avait plus d'importance. Plus rien n'avait d'importance en dehors du fait que Stefan l'aimait.

Elle descendit en chemise de nuit et trouva Judith et Margaret dans le salon.

— Bonjour, dit-elle en embrassant longuement sa tante, surprise de tant d'effusions. Bonjour, ma citrouille, dit-elle ensuite en prenant sa sœur dans ses bras pour danser avec elle tout autour de la pièce. Oh ! Et bonjour, Robert !

Un peu gênée tout à coup par son attitude et sa tenue devant lui, elle reposa Margaret et s'éclipsa en direction de la cuisine.

Tante Judith la rejoignit. Elle avait les yeux cernés, mais son visage était souriant.

— Tu sembles de bonne humeur, ce matin.

— Oui, je suis de très bonne humeur.

Et Elena l'embrassa de nouveau — un moyen comme un autre de se faire pardonner les heures d'inquiétude responsables des cernes.

— Tu sais qu'il va falloir que tu ailles parler au shérif de ce qu'a fait Tyler.

Elena se servit de jus d'orange.

— Oui. Mais je voudrais passer chez Vickie Bennett, d'abord. Elle doit être bouleversée, surtout dans la mesure où personne ne semble la croire.

— Est-ce que tu la crois, toi, Elena ?

— Oui. Je la crois. Tu sais, tante Judith, reprit-elle après une hésitation, il m'est arrivé quelque chose à moi aussi quand j'étais dans l'église. J'ai cru que...

— Elena ! Bonnie et Meredith sont là ! lança Robert depuis l'entrée.

Le temps des confidences était passé.

— Ah... ben, elles n'ont qu'à venir dans la cuisine, répondit Elena. Je te raconterai plus tard, ajouta-t-elle à l'intention de sa tante.

Déjà, Bonnie et Meredith apparaissaient dans l'encadrement de la porte. Mais leur attitude avait quelque chose de formel qui était tout à fait inhabituel. Elena elle-même se sentit mal à l'aise, et attendit que sa tante ait quitté la pièce pour parler. Puis elle se racla la gorge en fixant un défaut dans le linoléum. Levant discrètement un œil, elle constata que ses deux amies contemplaient le même défaut. Alors elle éclata de rire.

Meredith et Bonnie levèrent les yeux à leur tour.

— Je sais que je devrais être désolée, dit Elena, et je le suis, je vous assure. Mais je suis trop heureuse pour être vraiment penaude. Je me suis conduite comme une malpropre et je mérite d'être exécutée. Bon, si on faisait comme si rien de tout ça n'était arrivé ?

— Être désolée, c'est quand même la moindre des choses, la gronda Bonnie tandis qu'elles s'embrassaient toutes les trois.

— Et avec Tyler Smallwood, en plus ! ajouta Meredith.

— De ce point de vue-là, je ne suis pas près d'oublier la leçon !

L'espace d'un instant, le souvenir de ce qui s'était passé assombrit son humeur. Puis Bonnie éclata de rire à son tour.

— Et en plus, t'as décroché le gros lot ! Stefan Salvatore ! On peut dire que tu nous gâtes en rebondissements ! Quand je t'ai vue entrer avec lui, j'ai cru que j'hallucinais. Mais comment t'as fait ?

— Je n'ai rien fait. Il est arrivé, comme la cavalerie dans les vieux westerns.

— Pour défendre ton honneur... dit Bonnie, rêveuse. Hyperromantique, non ?

— Je vais tout vous raconter, mais avant, j'aimerais passer chez Vickie, pour lui parler. Vous m'accompagnez ?

— T'as qu'à tout nous raconter en te préparant, et puis en te lavant les dents, en te coiffant, et pendant le trajet, aussi, non ? suggéra Bonnie, pressée d'être mise au courant. Et je te préviens, si tu oublies le moindre détail, c'est le tribunal de l'Inquisition, direct.

— Comme tu vois, remarqua Meredith, les cours de M. Tanner ont fini par porter leurs fruits. Bonnie sait maintenant que l'Inquisition espagnole n'est pas un groupe de rock.

Les trois copines montèrent dans la chambre d'Elena en riant.

Mme Bennett était pâle et semblait fatiguée, mais elle les fit entrer.

— Vickie se repose. Le médecin a ordonné qu'elle garde le lit, expliqua-t-elle avec un sourire triste.

Elle les accompagna jusqu'à la chambre de sa fille et tapa discrètement à la porte.

— Vickie, ma chérie, tes amies du lycée sont passées te voir. Ne restez pas trop longtemps, ajouta-t-elle à leur intention en ouvrant la porte.

La chambre était joliment décorée dans les tons bleu lavande. Vickie était dans son lit et reposait contre d'épais oreillers, un édredon bleu remonté jusque sous le menton. Elle était livide, semblait avoir du mal à garder les yeux ouverts et avait le regard fixe.

— Elle était comme ça hier soir, déjà, chuchota Bonnie.

Elena s'approcha du lit.

— Vickie, dit-elle doucement, Vickie, est-ce que tu m'entends ? C'est Elena Gilbert.

Aucune réaction.

— Ils ont dû lui filer des calmants, dit Meredith.

Mais Mme Bennett avait précisé que le médecin ne lui avait rien donné. Elena fronça les sourcils.

— Vickie, c'est moi, Elena. Je voulais juste te parler d'hier soir. Je voulais te dire que je te crois.

Elle ignora le regard interrogateur de Meredith et continua :

— Et je voulais te demander...

— Non !

Ce cri, dur et perçant, venait de sortir de la gorge de Vickie. Et son corps, jusque-là immobile, fut soudain agité de violents soubresauts. Elle se mit à remuer la tête dans tous les sens, ses cheveux lui masquant le visage, ses bras battant l'air.

— Non ! Non ! hurla-t-elle.

— Faites quelque chose ! s'écria Bonnie. Madame Bennett ! Madame Bennett !

Elena et Meredith tentèrent de maintenir Vickie sur son lit, mais elle se débattait sans cesser de hurler. Enfin, sa mère arriva et la prit dans ses bras, repoussant les deux autres.

— Mais que lui avez-vous fait !

Vickie se calma un instant, agrippée à sa mère. Mais, par-dessus son épaule, elle aperçut Elena, et se remit à hurler, plus hystérique encore.

— Tu en fais partie ! Tu portes le mal en toi ! Va-t'en, ne m'approche pas !

Elena était stupéfaite.

— Vickie ! Je venais juste te demander...

— Je crois que vous feriez mieux de partir, maintenant. Laissez-nous tranquilles, dit Mme Bennett en serrant sa fille contre elle. Vous ne voyez pas dans quel état vous la mettez ?

Sans un mot, Elena sortit de la pièce, suivie de Bonnie et Meredith.

— Ça doit être les médicaments, dit Bonnie lorsqu'elles eurent quitté la maison. Elle déraille complètement.

— Tu as remarqué, ses mains ? demanda Meredith à Elena. Quand on a essayé de la tenir, je l'ai attrapée par une main. Elle était gelée.

Elena secoua la tête, encore sous le choc. Tout cela était insensé, mais elle était déterminée à ne pas laisser les événements lui gâcher sa journée. Elle chercha un moyen d'oublier cet éprouvant moment, quelque chose qui lui permettrait de retrouver sa bonne humeur.

— Je sais, dit-elle. La pension.

— Quoi ?

— J'ai dit à Stefan de m'appeler, aujourd'hui, mais on pourrait aller directement chez lui, à la pension. Ce n'est pas loin d'ici.

— À seulement vingt minutes de marche, remarqua Bonnie en faisant la moue, avant d'ajouter, plus réjouie : Au moins, on pourra enfin voir de quoi sa chambre a l'air.

— En fait, je pensais que vous pourriez attendre en bas, toutes les deux.

Devant le regard lourd de reproche de ses amies, elle tenta de se défendre :

— Mais je ne le verrai que quelques minutes !

Bizarrement, elle n'avait pas envie de partager Stefan pour l'instant. Il était dans sa vie depuis si peu de temps, elle voulait garder encore un peu le secret.

Mme Flowers leur ouvrit la porte. C'était une toute petite femme à la peau fripée dont les yeux noirs étaient étonnamment brillants.

— Tu dois être Elena, dit-elle. Je t'ai vue sortir avec Stefan, hier soir, et il m'a dit ton nom en rentrant.

— Vous nous avez vus ? Je ne vous ai pas vue, moi, pourtant.

— Non, non, vous ne m'avez pas vue, dit Mme Flowers avec un petit rire. Comme tu es mignonne, ajouta-t-elle en lui tapotant la joue. Très, très mignonne, vraiment.

— Heu... merci, répondit Elena, un peu mal à l'aise. Est-ce que Stefan est ici ?

— Je crois, oui, à moins qu'il ne soit sorti par le toit !

La logeuse émit un nouveau petit rire, Elena l'imita, par politesse.

— On va rester là avec Mme Flowers, dit Meredith à Elena tandis que Bonnie levait les yeux au ciel, prenant des airs de martyre.

Retenant un sourire, Elena se dirigea vers l'escalier.

Quelle vieille bicoque étrange, pensa-t-elle en prenant le second escalier. D'où elle se trouvait, les voix lui parvenaient à peine de l'étage en dessous, et tandis qu'elle gravissait les marches, elles s'éteignirent complètement. En approchant de la porte, située tout en haut, elle eut le sentiment d'avoir pénétré dans un autre monde.

Elle frappa très discrètement.

— Stefan ?

De l'autre côté, il n'y avait aucun bruit, mais soudain, la porte s'ouvrit toute grande. Tout le monde a l'air pâle et fatigué, aujourd'hui, pensa Elena. Et puis elle fut dans ses bras.

Des bras qui l'enveloppèrent et la serrèrent convulsivement.

— Elena. Oh, Elena...

Mais lorsqu'il s'écarta, Elena ressentit la même chose que la veille, comme si un fossé venait de s'ouvrir entre eux. Elle vit le froid et la raideur s'emparer du regard de Stefan.

— Non, dit-elle, je refuse qu'il en soit ainsi.

Et elle l'attira vers elle jusqu'à ce que leurs bouches se rencontrent.

Pendant quelques instants, il ne réagit pas, puis il fut parcouru d'un tremblement, et le baiser devint fulgurant. Ses doigts se perdirent dans les cheveux d'Elena, qui sentit l'univers basculer autour d'eux. Plus personne n'existait en dehors de Stefan, plus rien n'existait en dehors de ses bras autour d'elle et du feu de ses lèvres sur les siennes.

Quelques minutes ou quelques siècles plus tard, ils mirent fin à leur étreinte, tremblant tous les deux. Mais leurs regards restèrent unis, et Elena remarqua que les pupilles de Stefan étaient trop dilatées pour le peu de lumière qu'il y avait dans la pièce. Il semblait étourdi, et ses lèvres !... ses lèvres avaient enflé.

— Je crois que nous devrions faire attention quand nous nous embrassons, dit-il.

Il était visible qu'il faisait un effort pour contrôler sa voix. Elena hocha la tête, étourdie elle aussi. Pas en public, pensa-t-elle. Et pas quand Bonnie et Meredith attendent en bas. Ni quand ils étaient complètement seuls, à moins que...

— Mais tu peux me prendre dans tes bras, dit-elle.

C'était étrange. Après ce moment de passion, elle se sentait tellement en sécurité, en paix, dans ses bras.

— Je t'aime, murmura-t-elle, le visage contre son torse.

Elle sentit un frisson le parcourir.

— Elena... dit-il avec un soupir qui ressemblait fort à du désespoir.

— Il n'y a pas de mal à cela, si ? Stefan, tu ne m'aimes pas ?

— Je...

Il la regarda, désemparé, et ils entendirent la voix étouffée de Mme Flowers qui l'appelait depuis le rez-de-chaussée :

— Stefan, mon garçon ! Stefan !

On aurait dit qu'elle tapait du pied sur la rampe. Stefan soupira.

— Je ferais mieux d'aller voir.

Et il s'éclipsa, le visage impénétrable.

Restée seule, Elena frissonna. Il faisait si froid, dans cette chambre. Il devrait faire du feu, pensa-t-elle. Elle laissa courir son regard un peu partout, et le posa finalement sur la commode en acajou qu'elle avait remarquée la veille.

Le petit coffre.

Elle jeta un œil en direction de la porte fermée. S'il remontait et la surprenait en train de... Ce n'était pas correct, il ne fallait pas... mais déjà, elle s'approchait de la commode.

Pense à la femme de Barbe-Bleue, se dit-elle. Sa curiosité l'a tuée. Mais sa main était posée sur le couvercle. Le cœur battant, elle l'ouvrit.

Dans la pénombre, à première vue, le coffret lui parut vide, et elle laissa échapper un petit rire nerveux. À quoi s'était-elle attendue ? À des lettres d'amour signées Caroline ? Une dague ensanglantée ?

Et puis elle vit le ruban de soie, soigneusement plié et rangé dans un coin. Elle le sortit et le fit glisser entre ses doigts. C'était le ruban orange qu'elle avait laissé au cimetière le lendemain de la rentrée.

Oh, Stefan... Les larmes lui piquèrent les yeux. Depuis si longtemps ? Tu m'aimais depuis si longtemps ? Oh, Stefan, je t'aime...

Et tant pis si tu n'arrives pas à me le dire toi aussi, pensa-t-elle.

Elle entendit un bruit et remit prestement le ruban dans le coffre. Puis elle se tourna vers la porte, les yeux brillants de larmes.

Tant pis si tu n'arrives pas à me le dire pour l'instant. Je le dirai pour nous deux. Et un jour, toi aussi tu prononceras ces mots merveilleux.

[illegible]

10

[illegible]

[illegible]

[illegible]

[illegible]

10

Le 7 octobre, vers 8 heures

Cher journal,

J'écris pendant le cours de trigo, j'espère que Mme Halpern ne me voit pas.

Je voulais écrire hier soir, mais je n'ai pas eu le temps. Hier, c'était un jour complètement dingue, comme celui de la soirée au lycée. Et aujourd'hui, j'ai l'impression que tout ce qui s'est passé ce week-end n'était qu'un rêve. Les galères étaient vraiment galères, mais les bons moments étaient divins.

J'ai décidé de ne pas porter plainte contre Tyler. Mais il a été renvoyé du lycée, et de l'équipe de foot. Dick aussi, pour s'être saoulé à la soirée. Personne n'ose le dire tout haut, mais je crois que beaucoup de gens le considèrent comme responsable de ce qui est arrivé à Vickie. La sœur de Bonnie a rencontré Tyler à l'hôpital hier, et nous a dit qu'il avait les deux yeux au beurre noir et le visage complètement tuméfié. Je ne peux pas m'empêcher de redouter le jour où lui et Dick reviendront au lycée. Ils ont des tonnes de raisons d'en vouloir à Stefan, maintenant.

En parlant de Stefan, tiens... En me réveillant ce matin, j'ai été prise de panique. Et si tout était un rêve ? Si rien de tout cela n'était jamais arrivé, ou s'il avait changé d'avis ? Je n'ai rien pu avaler au petit déjeuner, et j'ai bien vu que tante Judith s'inquiétait. Mais, en arrivant au lycée, je l'ai vu dans le couloir, on s'est regardés, et là, j'ai su, à son petit sourire, que je n'avais pas rêvé. J'ai compris aussi, lorsqu'il s'est détourné, qu'il valait mieux ne pas nous retrouver en public, à moins de vouloir faire frissonner tout le lycée.

Nous sommes ensemble, c'est indéniable. Maintenant, il ne me reste plus qu'à trouver un moyen d'expliquer ça à Jean-Claude. Ha, ha, ha.

Ce que je comprends pas, c'est pourquoi Stefan ne semble pas aussi content que moi de ce qui nous arrive. Quand on est ensemble, je ressens ce qu'il ressent, et je sais à quel point il me veut, combien je compte pour lui. Quand il m'embrasse, je sens une faim presque désespérée en lui, comme s'il voulait extraire mon âme de mon corps. Comme un trou noir qui

Le 7 octobre, toujours,
vers deux heures de l'après-midi

Bon, la pause a été un peu forcée vu que Mme Halpern m'a coincée. Elle a même commencé à lire à voix haute ce que j'avais écrit, mais je crois que le sujet traité lui a mis de la vapeur sur les lunettes et elle s'est arrêtée en route. Elle était Fâchée Colère. Et moi je suis trop heureuse pour m'en faire pour des choses aussi annexes que la trigonométrie.

On a déjeuné ensemble, Stefan et moi, ou plutôt on est allés s'asseoir dans un coin du terrain de foot. Moi j'avais un sandwich, mais lui, il n'avait rien apporté, et de toute façon, ça n'a pas manqué, je n'ai pas pu avaler une bouchée. On ne s'est pas beaucoup touchés — pas du tout, en fait —, mais on n'a pas arrêté de se regarder et de parler. Moi je meurs d'envie de le toucher. C'est la première fois que ça me fait ça. Je sais qu'il en a envie aussi, mais il est encore un peu sur ses gardes.

Et c'est justement ce que je ne comprends pas, pourquoi est-ce qu'il lutte contre cette envie. Hier, dans sa chambre, j'ai trouvé une preuve indiscutable de l'intérêt qu'il a pour moi depuis le début. Tu te souviens de quand Meredith, Bonnie et moi on était dans le cimetière ? Eh bien, hier, dans la chambre de Stefan, j'ai trouvé le ruban orange que je portais ce jour-là. Il a dû le ramasser et l'a gardé. Je ne lui ai pas dit que je savais parce que, visiblement, il veut que ça reste un secret, mais ça, ça montre bien que je compte pour lui, non ?

J'en connais une autre qui est Fâchée Colère. Caroline. Apparemment, tous les jours à l'heure du déjeuner, elle attirait Stefan dans la salle Photo, et ce matin, ne le voyant nulle part, elle est partie à sa recherche. Et elle nous a trouvés. Pauvre Stefan, il l'avait complètement oubliée, et il était assez mal. Après son départ — elle ne devrait pas mettre de vert, ça ne lui va pas du tout —, il m'a raconté qu'elle lui avait collé aux basques dès le jour de la rentrée en venant le voir pour lui dire qu'elle avait remarqué qu'il ne déjeunait pas vraiment à midi, et que vu qu'elle non plus à cause de son régime, ils pouvaient se retrouver dans un endroit tranquille pour se détendre un peu. Il n'a pas vraiment dit de trucs méchants sur elle (je crois que c'est sa façon d'être un gentleman et d'avoir des manières), mais il a tout de même précisé qu'il n'y avait rien entre eux. En ce qui concerne Caroline, je crois qu'avoir été oubliée était pire que s'il lui avait lancé des cailloux à la figure.

Je me demande pourquoi il ne déjeune jamais, quand même. Pour un footballeur, c'est bizarre.

Houla ! M. Tanner s'est dangereusement approché, j'ai dû planquer mon journal sous mon cahier à vitesse grand V. C'est passé près. Bonnie ricane derrière son bouquin d'histoire, je vois ses épaules bouger. Et Stefan, qui est juste devant moi, semble aussi tendu qu'un chat qui s'apprête à bondir. Matt me regarde avec des airs de dire : « Non, mais t'es devenue dingue ? » et Caroline rumine en me fixant d'un œil bovin. Moi je regarde Tanner droit dans les yeux, de mon air le plus innocent possible, sans cesser d'écrire, donc si ce que je raconte est tout de travers et à peine lisible, tu sauras pourquoi.

Ça fait un mois que je ne suis plus vraiment moi-même. Je n'arrive plus à réfléchir ou à me concentrer sur quoi que ce soit en dehors de Stefan. J'ai tellement de trucs à faire que ça me donne le tournis. Je suis chargée de la déco de la Maison Hantée pour Halloween et je n'ai même pas commencé, il me reste à peine trois semaines et demie pour tout faire — et je n'ai qu'une envie : être avec Stefan.

Je pourrais démissionner du comité d'organisation, mais ça ne serait pas sympa pour Meredith et Bonnie, et puis je repense sans arrêt à ce que Matt m'a dit quand je lui ai demandé de s'arranger pour que Stefan aille à la soirée :

« Tu voudrais que tout et tout le monde tourne autour d'Elena Gilbert. »

Ce n'est pas vrai, ou du moins, si ça l'est, je vais tâcher de faire en sorte que ça ne le soit plus. Je veux — tu vas rire tellement ça à l'air idiot —, je veux être à la hauteur de Stefan, je veux le mériter. Je sais qu'il ne laisserait pas tomber les autres joueurs de l'équipe de foot juste parce que ça l'arrange. Je veux qu'il soit fier de moi.

Je veux qu'il m'aime autant que je l'aime.

— Grouille ! lança Bonnie depuis la porte du gymnase.

À côté d'elle attendait M. Shelby, le concierge du lycée.

Elena jeta un dernier regard en direction du terrain de foot, puis, à contrecœur, rejoignit son amie.

— Je voulais juste dire à Stefan où j'allais.

Une semaine après le début de leur histoire, le simple fait de prononcer son nom lui faisait encore tout drôle. Tous les soirs de la semaine, il était passé la voir, arrivant à la tombée du jour, les mains dans les poches, le col de sa veste remonté. En général, ils allaient faire un petit tour, ou discutaient à l'abri de la véranda. Même s'il n'en avait rien dit, Elena savait que c'était une façon pour Stefan de s'assurer qu'ils n'étaient pas complètement seuls. Depuis la soirée, il avait toujours fait en sorte que les choses se passent comme ça. Il protège ton honneur, se disait Elena, ironique, et un peu triste, aussi, parce qu'elle savait qu'au fond, il y avait autre chose.

— Il peut se passer de toi une soirée, il s'en remettra, lâcha Bonnie d'un ton dur. Si tu vas lui parler, tu vas en avoir pour des plombes, et j'aimerais être à temps chez moi pour dîner, si ça ne te fait rien.

— Bonjour, monsieur Shelby, dit Elena au concierge, qui attendait toujours patiemment, et, à sa grande surprise, lui adressa un clin d'œil solennel. Où est Meredith ?

— Ici, répondit une voix derrière elle.

Meredith apparut, un carton plein de dossiers et de cahiers dans les bras, et ajouta :

— J'ai pris tout ce qu'il fallait dans ton casier.

— Bon, tout le monde est là ? demanda M. Shelby. Très bien, maintenant, mesdemoiselles, vous fermez la porte à clé, c'est entendu ? Comme ça, personne ne peut entrer.

— Vous êtes sûr qu'il n'y a pas déjà quelqu'un à l'intérieur ? demanda Bonnie, inquiète.

Elena la poussa gentiment.

— Grouille, si tu veux être à l'heure pour le dîner.

— Il n'y a personne à l'intérieur, affirma le concierge. Mais si vous avez besoin de quelque chose, criez, je ne serai pas loin.

La porte se referma derrière elles, avec un claquement étrangement définitif.

— Au travail, soupira Meredith en posant le carton par terre.

Elena examina la salle. Chaque année, le conseil des Élèves montait une Maison Hantée pour récolter de l'argent. Depuis deux ans, Elena faisait partie du comité Décoration avec Bonnie et Meredith, mais en être présidente était quelque chose de très différent. Elle devait prendre des décisions dont les conséquences affecteraient tout le monde, et elle ne pouvait même pas se baser sur ce qui avait été fait les années précédentes.

La Maison Hantée avait jusque-là été installée dans un entrepôt de bois mais, étant donné le climat, on avait décidé que le gymnase du lycée serait plus sûr. Pour Elena, cela signifiait qu'il fallait repenser tout l'agencement et toute la décoration de la maison. Et trois semaines, ce n'était pas énorme.

— Je trouve cet endroit assez angoissant, finalement, dit Meredith.

Il y avait effectivement quelque chose de dérangeant à être enfermées dans ce qui n'était qu'un vaste hangar, pensa Elena.

— Bon, dit-elle, on va commencer par prendre les mesures.

Elles s'exécutèrent, le bruit de leurs pas résonnant dans cet immense espace.

— Très bien, dit Elena lorsqu'elles eurent terminé. Maintenant, au travail.

Elle tenta d'oublier le sentiment de malaise qui l'avait envahie, se persuadant qu'il était ridicule de réagir ainsi alors qu'elle était en compagnie de Bonnie et Meredith, et que l'équipe de foot tout entière était à l'entraînement à deux cents mètres de là.

Elles s'installèrent sur les gradins, stylos et cahiers en main. Elena et Meredith passèrent en revue les différents croquis réalisés les années précédentes tandis que Bonnie réfléchissait en mordillant le bout de son crayon.

— Bon, dit Meredith en traçant un rectangle sur son cahier. Voilà le gymnase. Les gens devront entrer par là. On pourrait mettre le Cadavre Sanguinolent tout à la fin... Au fait, qui est-ce qui va faire le Cadavre Sanguinolent, cette année ?

— Lyman, l'entraîneur de foot, je crois. Il était bon, l'an dernier, et puis avec lui, les joueurs de l'équipe se tiennent tranquilles et font la queue comme tout le monde. Bon, ensuite, si on découpe la salle comme ça, on peut faire la Salle de Torture médiévale ici, et juste après, la Salle des Morts Vivants...

Elena griffonna ses idées sur le plan de Meredith.

— Je trouve qu'on devrait avoir des druides, intervint Bonnie.

— Des quoi ? demanda Elena avant de lever une main tremblante devant Bonnie, qui répétait en hurlant : « Des dru-ides ! » Ça va, ça va, je me souviens, maintenant. Mais pourquoi ?

— Parce que ce sont eux qui ont inventé Halloween. Au départ, pour eux, c'était un jour sacré, ils faisaient de grands feux et sculptaient des figures horribles dans des navets pour éloigner les mauvais esprits. Ils pensaient que c'était le jour où la limite entre le monde des morts et celui des vivants était le plus ténue. Et ils pratiquaient des sacrifices humains. On pourrait sacrifier Lyman.

— Tiens, c'est pas une mauvaise idée, dit Meredith. Le Cadavre Sanguinolent serait le résultat d'un sacrifice. Vous savez, sur un autel de pierre, avec un couteau et des flaques de sang tout autour. Et puis, quand on s'approche de lui, il se redresse tout à coup.

— Et tu es terrassée par une crise cardiaque. Ben voyons ! conclut Elena.

Mais elle fut forcée d'admettre que c'était une bonne idée, effrayante à souhait, exactement ce qu'il leur fallait. Rien que d'y penser, elle en avait des haut-le-cœur. Tout ce sang... mais ce n'était que du jus de tomate, finalement.

Les deux autres s'étaient tues elles aussi. Des vestiaires, juste à côté, leur parvenaient des bruits de douches, de portes de casiers et de voix.

— L'entraînement est terminé, murmura Bonnie. Il doit faire nuit, dehors.

— Oui, et Notre Héros est en train de se faire tout beau, dit Meredith en regardant Elena. Tu veux aller jeter un œil ?

— J'aimerais bien, répondit-elle, ne plaisantant qu'à demi.

Dans le gymnase, l'atmosphère s'était assombrie de manière indéfinissable, et, en ce moment précis, oui, elle aurait voulu voir Stefan, être avec lui.

— Vous avez des nouvelles de Vickie Bennett ? demanda-t-elle tout à coup.

— Ben, j'ai entendu dire que ses parents lui faisaient consulter un psychiatre, répondit Bonnie.

— Un psy ? Pourquoi ?

— Je... je crois qu'ils pensent que ce qu'elle a raconté était des hallucinations ou un truc dans ce genre. Et d'après ce qu'on dit, depuis, elle fait des cauchemars carrément déments.

— Oh... fit Elena, pensive.

À côté, on n'entendait presque plus de bruit, puis une porte claqua, et plus rien. Des hallucinations, pensa-t-elle. Des hallucinations et des cauchemars. Sans savoir pourquoi, elle se rappela la fois où Bonnie leur avait fait si peur, dans le cimetière, les faisant fuir devant quelque chose qu'elles ne voyaient même pas.

— On ferait mieux de s'y remettre, intervint Meredith.

Elena se força à sortir de ses pensées et acquiesça.

— On... on pourrait faire un cimetière, proposa Bonnie d'une voix hésitante, comme si elle avait lu dans l'esprit d'Elena. Dans la Maison Hantée, je veux dire.

— Non, répondit Elena d'un ton sans appel. Non, ce qu'on a suffit.

Elle se replongea dans les croquis. Le silence se fit à nouveau, on n'entendit plus que le grattement des crayons sur le papier et le bruit des feuilles tournées.

— Bon, dit enfin Elena. Ce qu'il faut, c'est prendre des mesures pour chaque pièce que l'on veut faire. Il faut descendre derrière les gradins et... Hé ! Mais qu'est-ce qu'il se passe ?

Dans le gymnase, l'éclairage perdit environ la moitié de son intensité.

— Oh, non... soupira Meredith, exaspérée.

Les lumières vacillèrent de nouveau, s'éteignirent, se rallumèrent, plus faibles encore.

— J'y vois plus rien, se plaignit Elena, penchée sur ce qui n'était qu'une vague tache blanche sur ses genoux.

— Il doit y avoir un problème avec le groupe électrogène de secours, dit Meredith. Je vais chercher M. Shelby.

— On peut pas remettre ça à demain ? geignit Bonnie.

— Demain, c'est samedi, et on était censées avoir fait ça la semaine dernière, rétorqua Elena.

— Je vais chercher M. Shelby, répéta Meredith. Viens avec moi, Bonnie.

— Heu... et si on y allait toutes les trois ? suggéra Elena.

— Non, si on sort toutes les trois et qu'on ne le trouve pas, on ne pourra plus rentrer. Allez, viens, Bonnie. C'est dans le lycée, après tout.

— Mais il fait nuit, là-bas.

— Il fait nuit partout, *c'est* la nuit. Allez, quoi. À deux, on ne risque rien.

Elle tira Bonnie jusqu'à la porte puis se retourna.

— Elena, tu ne laisses entrer personne, hein ?

— Comme si c'était nécessaire de le préciser... dit Elena en les regardant sortir et s'éloigner dans le couloir.

Quand elles furent sur le point de disparaître dans la pénombre, elle referma la porte.

Elles étaient dans de beaux draps, comme disait souvent sa mère. Pour s'occuper plus qu'autre chose, elle entreprit de ranger cahiers et stylos dans le carton. Elle voyait à peine ce qu'elle faisait tant la lumière avait baissé. Il n'y avait pas un bruit en dehors de celui qu'elle faisait. Elle était seule dans cet immense espace...

Quelqu'un l'observait.

Elle n'aurait su dire comment elle le savait, mais elle en était certaine. Il y avait quelqu'un derrière elle, qui l'observait. *Des yeux dans le noir*, avait dit le vieil homme. Vickie avait dit la même chose. Et maintenant, des yeux la fixaient elle aussi.

Elle fit volte-face en direction de la salle, fouillant la pénombre, essayant de ne plus respirer. Mais elle ne vit rien, n'entendit rien.

Les gradins n'étaient plus qu'une masse inquiétante aux contours imprécis qui se fondaient dans l'obscurité. À l'autre bout du gymnase, on ne distinguait rien d'autre qu'une espèce de brouillard gris. La brume des ténèbres, pensa-t-elle, chaque muscle tendu à l'extrême, les sens aux aguets. Et ce murmure, qu'est-ce que c'est ? Mon imagination ? Mon Dieu, faites que ce soit mon imagination...

Soudain, elle en fut certaine. Il fallait qu'elle quitte cet endroit, immédiatement. Un réel danger rôdait, quelque chose de mauvais, qui la voulait, elle. Et elle était seule.

Dans l'ombre, elle perçut un mouvement.

Son cri resta bloqué dans sa gorge. La terreur la paralysait — la terreur et une force inconnue. Impuissante, elle regarda avancer dans sa direction ce qui n'était qu'une masse dans le noir. C'était comme si l'obscurité prenait vie et forme devant ses yeux — une forme humaine, celle d'un jeune homme.

— Je suis désolé si je vous ai fait peur.

La voix était joliment modulée, avec un léger accent qu'elle ne sut identifier. Mais le ton n'avait rien de désolé.

Le soulagement fut si brusque et total qu'il en fut douloureux. Elena soupira. Ce n'était qu'un garçon, un ancien élève, l'assistant de M. Shelby, peut-être. Un type ordinaire, avec un petit sourire aux lèvres, comme si ça l'avait amusé de la voir pratiquement s'évanouir.

Enfin... pas si ordinaire que ça. Il était remarquablement beau. Un peu pâle, dans la faible lumière, mais ses traits étaient d'une finesse presque parfaite sous une crinière brune. Ses pommettes auraient été le rêve d'un sculpteur. Et si elle avait eu tant de mal à le voir, c'était parce qu'il était entièrement vêtu de noir : boots noirs, jean noir, pull noir, et blouson de cuir noir.

Le petit sourire ne tarda pas à agacer Elena, et le soulagement laissa la place à la colère.

— Comment êtes-vous entré ? Et qu'est-ce que vous faites ici ? Personne n'était censé se trouver dans le gymnase.

— Je suis entré par la porte.

Toujours ce petit ton amusé, qu'elle trouva déconcertant.

— Toutes les portes sont fermées à clé.

Il haussa les sourcils et sourit.

— Ah bon ?

Elena frissonna, elle avait la chair de poule.

— Elles étaient censées l'être, en tout cas, répliqua-t-elle du ton le plus froid qu'elle put.

— Vous êtes en colère, dit-il gravement. J'ai dit que j'étais désolé de vous avoir fait peur.

— Je n'ai pas eu peur ! dit-elle sèchement.

Elle se sentait comme une petite fille devant ce type. Comme une enfant à qui quelqu'un de bien plus vieux et bien plus cultivé essaie de faire plaisir. Cela ne fit que redoubler sa colère.

— J'ai été surprise, c'est tout, continua-t-elle. Ce qui n'est pas vraiment étonnant, vu que vous étiez tapi dans l'ombre...

— Il se passe des choses intéressantes, dans l'ombre... parfois.

Il se moquait encore d'elle, cela se voyait à son regard. Il s'était approché et elle distinguait mieux ses yeux, presque noirs mais dans lesquels brillait une lumière étrange. Elle eut l'impression qu'on aurait pu y plonger sans jamais en atteindre le fond.

Elle se rendit compte qu'elle le regardait fixement. Pourquoi la lumière ne revenait-elle pas ? Elle voulait sortir d'ici. Elle s'écarta de façon à ce que l'extrémité d'un gradin les sépare, et rangea les derniers cahiers dans le carton. Tant pis pour la déco, elle n'avait plus qu'une envie : s'en aller.

Mais le silence qui suivit la mit mal à l'aise. Le garçon n'avait pas bougé, et l'observait. Pourquoi ne disait-il rien ?

— Vous êtes venu chercher quelqu'un ? s'entendit-elle demander.

Il la regardait toujours ; ses yeux noirs la fixaient d'une manière qui la mettait de plus en plus mal à l'aise. Elle déglutit péniblement.

Les yeux sur ses lèvres, il murmura :

— Oh, oui.

— Quoi ?

Elle avait oublié sa question. Elle avait très chaud aux joues, tout à coup, et la tête lui tournait un peu. Si seulement il voulait bien arrêter de la fixer de la sorte...

— Oui, je suis venu chercher quelqu'un, répéta-t-il, toujours aussi doucement.

Puis, en quelques pas, il franchit la distance qui les séparait.

Elena avait du mal à respirer. Il était si près. Suffisamment pour la toucher. Elle sentait une légère odeur d'eau de toilette ainsi que le cuir de son blouson. Il avait capté son regard, et elle n'arrivait plus à se détourner. Jamais elle n'avait vu de tels yeux, noirs comme la nuit, les pupilles dilatées, telles celles d'un chat. Lentement, il approcha son visage du sien, elle sentit ses paupières s'alourdir, son regard se brouiller, puis sa tête se renverser, et ses lèvres s'entrouvrir...

Non ! Elle s'écarta juste à temps et eut l'impression qu'elle venait de s'éloigner du bord d'un précipice. Qu'est-ce qui me prend ? se demanda-t-elle, profondément troublée. J'étais sur le point de le laisser m'embrasser ! Un inconnu, quelqu'un que j'ai vu pour la première fois il y a à peine quelques minutes !

Mais le pire, c'était que pendant ces quelques minutes, une chose incroyable s'était produite. Pendant ces quelques minutes, elle avait oublié Stefan.

Maintenant, son image occupait tout son esprit, et l'envie d'être avec lui constituait comme une douleur physique. Elle désirait Stefan, voulait sentir ses bras autour d'elle, voulait se sentir en sécurité auprès de lui.

À bout de souffle, elle se força à reprendre une respiration régulière et tenta de maîtriser sa voix.

— Je vais y aller, maintenant, dit-elle. Si vous cherchez quelqu'un, je pense que vous feriez mieux d'aller voir ailleurs.

Il la regardait bizarrement, avec une expression qu'elle ne parvint pas à déchiffrer, un mélange d'agacement et de respect, et d'autre chose, aussi. Quelque chose de farouche qui l'effraya.

Il attendit qu'elle ait ouvert la porte pour répondre d'une voix sérieuse, où il n'y avait plus aucune trace d'amusement :

— Peut-être que je l'ai déjà trouvé... Elena.

Lorsqu'elle se retourna, elle ne vit plus rien dans l'obscurité.

11

ELENA DÉBOULA DANS LE COULOIR mal éclairé, essayant de repérer où elle se trouvait. Et tout à coup, le monde fut illuminé à nouveau. Elle reconnut alors les casiers si familiers installés le long des murs. Son soulagement fut si grand qu'elle faillit pousser un cri. Jamais elle n'avait pensé être un jour aussi heureuse de *voir*. Elle resta un moment à regarder autour d'elle, reconnaissante.

— Elena ! Mais qu'est-ce que tu fais là ?

C'était Meredith et Bonnie, venant à sa rencontre de l'autre bout du couloir.

— *Où étiez-vous passées ?* demanda-t-elle avec rudesse.

Meredith fit une grimace.

— On n'arrivait pas à trouver Shelby. Et quand on a fini par mettre la main dessus, il dormait. Je te jure, dit-elle devant le regard incrédule d'Elena. Et on n'a pas réussi à le réveiller. Une fois que la lumière est revenue, là, il a ouvert les yeux. Alors on est reparties. Mais toi, qu'est-ce que tu fais là ?

Elena hésita

— J'en avais marre d'attendre, dit-elle du ton le plus léger qu'elle put. On en a assez fait pour aujourd'hui, de toute façon.

— Et c'est maintenant que tu le dis ! râla Bonnie.

Meredith ne dit rien, mais la fixa d'un regard insistant, inquisiteur.

Pendant tout le week-end et la semaine qui suivirent, Elena travailla à l'élaboration de la Maison Hantée. Elle eut très peu de temps à passer avec Stefan, et cela lui manqua beaucoup. Mais c'est l'attitude de Stefan, surtout, qui la préoccupa. Elle sentait la passion qu'il éprouvait pour elle, mais sentait aussi qu'il luttait contre cette passion, refusant toujours d'être complètement seul avec elle. À de nombreux égards, le mystère Stefan restait aussi entier pour Elena qu'il l'avait été le premier jour.

Il ne parlait jamais de sa famille ni de sa vie avant son arrivée à Fell's Church, et si elle posait des questions, il les esquivait. Lorsqu'elle lui avait demandé si l'Italie lui manquait, s'il regrettait d'être venu, elle avait perçu une fugitive étincelle dans son regard vert.

— Comment pourrais-je regretter ce pays alors que tu es là avec moi ? avait-il répondu avant de l'embrasser d'une façon qui avait fait oublier tout le reste à Elena.

Elle avait compris alors ce que voulait dire être profondément heureuse. Elle avait senti la joie de Stefan aussi, et lorsqu'il s'était écarté, elle avait vu la lumière sur son visage, comme si le soleil avait brillé à travers lui.

— Oh, Elena, avait-il murmuré.

Ainsi étaient les bons moments. Mais dernièrement, il l'avait embrassée de moins en moins, et elle avait senti un fossé se creuser entre eux.

Ce vendredi-là, Bonnie, Meredith et elle avaient décidé de passer la nuit ensemble chez les McCullough. Il faisait gris, la pluie menaçait, et la température était anormalement basse pour la saison. Mais dans les rues, comme pour compenser les prévisions météo pessimistes, les érables étaient d'un roux flamboyant tandis que les ginkgos rayonnaient d'un jaune qui n'avait rien à envier au soleil.

Bonnie ouvrit la porte à Meredith et Elena.

— Salut ! Tout le monde est parti pour Leesburg ! On a la maison pour nous jusqu'à demain après-midi.

Alors qu'elle les faisait entrer, Yang-Tsê, le pékinois, se faufila vers le jardin.

— Non, Yang-Tsê, tu restes à la maison. Yang-Tsê ! Non ! S'il te plaît !

Trop tard. Le petit boudin ambulant courait déjà sur la pelouse en direction de l'unique bouleau, au pied duquel il s'arrêta et se mit à aboyer.

— Allons bon, soupira Bonnie, qu'est-ce qu'il va nous faire, maintenant ?

— On dirait qu'il en veut à un corbeau, dans l'arbre, dit Meredith.

Elena se raidit. Elle s'approcha du bouleau, chercha du regard dans le feuillage doré. Tout juste. Le même corbeau, pour la troisième fois, déjà. Ou la quatrième, en comptant la forme sombre qu'elle avait vue s'envoler d'un chêne, dans le cimetière.

La peur l'étreignit, elle eut tout à coup froid aux mains. L'animal la fixait de son petit œil noir vif, il avait presque un regard humain. Cet œil... où avait-elle déjà vu le même ?

Les trois filles reculèrent précipitamment lorsque le corbeau émit un croassement en remuant les ailes avant de quitter la branche sur laquelle il se trouvait. Il vint d'abord sur elles, puis changea de trajectoire au dernier moment, et piqua sur le petit chien, qui aboya de plus belle. L'oiseau effleura Yang-Tsê puis prit de l'altitude, survola la maison et disparut dans le bosquet de noyers qui se trouvait juste derrière.

Stupéfaites, les trois filles restèrent immobiles un instant, puis Bonnie et Meredith échangèrent un regard et enfin éclatèrent d'un rire encore nerveux.

— J'ai cru qu'il allait nous attaquer, dit Bonnie en se penchant pour tirer par le collier Yang-Tsê, qui aboyait toujours, et le faire rentrer dans la maison.

— Moi aussi, dit doucement Elena, qui, elle, n'était pas arrivée à rire de ce qui venait de se passer.

Une fois à l'intérieur, heureusement, la soirée prit un tour plus agréable. Assise avec ses amies devant un bon feu de cheminée, une tasse de chocolat chaud dans les mains, Elena ne pouvait que se sentir bien. Très vite, la discussion tourna autour de la Maison Hantée, et elle se détendit complètement.

— On a bien avancé, dit enfin Meredith. Évidemment, on a passé tellement de temps à imaginer les costumes des autres qu'on n'a pas encore pensé aux nôtres.

— Pour le mien, c'est facile, dit Bonnie. Je serai une prêtresse druide, alors tout ce qu'il me faut, c'est une couronne de feuilles de chêne et une aube blanche. Mary et moi, on fera ça un soir, c'est sans problème.

— Je crois que je vais opter pour la sorcière, dit Meredith. Comme ça, je n'ai besoin que d'une robe noire. Et toi, Elena ?

Elena sourit.

— Ben... c'était censé être un secret, mais... tante Judith m'a permis de m'adresser à une couturière. J'ai trouvé un dessin de robe de la Renaissance dans un des livres que j'ai utilisés pour mon exposé, et on l'a fait copier. Elle est en soie de Venise, bleu givré, superbe !

— Superbe, et hors de prix, sans doute, dit Bonnie.

— J'ai payé avec l'argent que m'ont laissé mes parents, avec l'accord de Judith. J'espère juste qu'elle plaira à Stefan. Je veux lui faire la surprise et... enfin bref, j'espère qu'il aimera.

— Et lui, il se déguise en quoi ?

— Je n'en sais rien, à vrai dire, répondit Elena après un silence. D'ailleurs, Halloween n'a pas l'air de l'enthousiasmer plus que ça.

— On a du mal à l'imaginer caché sous un drap déchiré et couvert de faux sang, comme les autres, admit Meredith. Il est... comment dire... trop digne pour ça.

— Je sais ! s'écria Bonnie. Je sais exactement comment il pourrait se déguiser. D'ailleurs, il n'aura presque rien à faire. Il est étranger, il a le teint plutôt pâle, il a toujours l'air un peu en colère... Il suffit de lui trouver une redingote et on aura un comte Dracula plus vrai que nature !

Elena sourit malgré elle.

— On lui demandera ce qu'il en pense, d'accord ?

— En parlant de Stefan, intervint Meredith, comment ça va, vous deux ?

Elena soupira, regarda le feu dans l'âtre, pensive.

— Je... je ne sais pas, dit-elle enfin. À des moments, c'est merveilleux, et puis à d'autres...

Meredith et Bonnie échangèrent un regard, puis Meredith demanda doucement :

— À d'autres ?

Elena hésita, ne sachant comment aborder le sujet. Puis lui vint une idée.

— Attendez deux secondes, dit-elle en se levant.

Elle grimpa en courant les escaliers, alla dans la chambre de Bonnie, et redescendit, un cahier couvert de velours bleu à la main.

— J'ai écrit ça hier soir, quand je n'arrivais pas à dormir, dit-elle. Ça raconte mieux que je n'arriverais à le faire maintenant.

Elle trouva la page, respira un grand coup et se mit à lire.

Le 17 octobre

Cher journal,

Je ne me sens pas bien du tout ce soir, et il faut que j'en parle à quelqu'un.

Quelque chose cloche entre Stefan et moi. Il y a une terrible tristesse en lui que je n'arrive pas à saisir, et c'est ce qui nous sépare. Je ne sais pas quoi faire.

Je ne peux pas supporter l'idée de le perdre. Mais s'il est si malheureux et refuse de m'en parler, s'il ne me fait pas confiance, je ne vois pas comment ça peut marcher entre nous.

Hier, quand j'étais dans ses bras, j'ai senti quelque chose de rond et lisse sous sa chemise, quelque chose qui pendait à une chaîne. Pour le taquiner, je lui ai demandé si c'était un cadeau de Caroline. Il s'est figé et n'a plus voulu dire un mot. C'était comme si, tout à coup, il était à des milliers de kilomètres de moi, et ses yeux... il y avait une telle douleur dans ses yeux, c'en était presque insupportable.

Elena se tut, et relut en silence les quelques lignes qui suivaient : *J'ai l'impression que quelqu'un l'a fait horriblement souffrir dans le passé et qu'il ne s'en est jamais vraiment remis. Mais je crois aussi qu'il a peur de quelque chose, je crois qu'il a peur que je découvre un secret. Si seulement je pouvais savoir de quoi il s'agit, je pourrais lui montrer qu'il peut me faire confiance, quoi qu'il arrive, jusqu'au bout.*

— Si seulement je savais, murmura-t-elle.

— Si seulement tu savais quoi ? dit Meredith.

Elena sursauta, leva les yeux.

— Heu... si seulement je savais ce qui va se passer, dit-elle en refermant son journal. Je veux dire... si je savais que finalement on doit se séparer, je pense que je ferais tout pour en terminer le plus vite possible. Et si je savais que tout s'arrangera, je ne m'inquiéterais pas pour ce qui se passe maintenant. Mais l'incertitude, c'est horrible.

Bonnie se mordit la lèvre, ses yeux brillaient.

— Écoute, Elena, je peux te montrer un moyen de découvrir ce qui va se passer. Ma grand-mère m'a appris comment savoir à l'avance avec qui on se mariera. Pour cela, il faut faire ce qu'on appelle un souper muet.

— Laisse-moi deviner, c'est un vieux truc de druides, commenta Meredith.

— Je ne sais pas si c'est un vieux truc, mais ma grand-mère dit qu'il y a toujours eu des soupers muets. Et ça marche. Ma mère a vu l'image de mon père quand elle l'a fait, et un mois plus tard, ils se mariaient. C'est facile, tu verras. Et puis tu n'as rien à perdre, si ?

Elena regarda ses deux amies l'une après l'autre.

— Je ne sais pas... Tu ne crois tout de même pas vraiment à...

Bonnie se redressa, prit un air offensé.

— Tu veux dire que ma mère est une menteuse ? Allez, quoi, y a pas de mal à essayer...

— Qu'est-ce qu'il faut que je fasse ? demanda Elena, à la fois intriguée et un peu inquiète.

— C'est simple. Il faut que tout soit prêt avant les douze coups de minuit...

Cinq minutes avant minuit, Elena se tenait dans la salle à manger des McCullough, se faisant l'effet d'une gourde plus qu'autre chose. Dehors, dans le jardin, elle entendait Yang-Tsê aboyer frénétiquement, mais dans la maison, il n'y avait pas un bruit mis à part le tic-tac de la pendule ancienne. Conformément aux instructions de Bonnie, elle avait disposé sur la grande table en noyer une assiette, un verre et des couverts, sans dire un mot. Puis elle avait allumé une seule bougie dans un bougeoir posé au centre de la table, avant de se placer derrière l'unique chaise, installée devant l'assiette.

Selon Bonnie, au douzième coup de minuit, elle devait tirer la chaise et inviter son futur époux à s'y asseoir. À ce moment-là, la chandelle devait s'éteindre et Elena verrait une silhouette sur la chaise.

Au départ, toute cette mise en scène l'avait troublée, elle n'était pas certaine de vouloir voir la silhouette de qui que ce soit, même celle de son futur mari. Mais maintenant, elle trouvait cela juste un peu idiot, amusant et sans danger. Comme la pendule commençait à sonner, elle se redressa, referma les mains sur le dossier de la chaise. Bonnie lui avait recommandé de ne pas le lâcher en cours de route, de le tenir jusqu'au bout de la cérémonie.

Presque malgré elle, elle s'entendit prononcer les mots.

— Entrez, dit-elle dans la pièce vide. Entrez.

La chandelle s'éteignit.

Dans l'obscurité, Elena sentit alors le vent, froide bouffée qui avait soufflé la flamme. Il venait des grandes baies vitrées derrière elle et elle se retourna brusquement, gardant une main sur le dossier de la chaise. Elle aurait juré que ces fenêtres étaient fermées.

Quelque chose bougea dans la pénombre.

Un frisson de terreur lui parcourut le dos, effaçant tout sentiment de ridicule, toute trace d'amusement. Mon Dieu, qu'avait-elle fait ? Dans quelle situation s'était-elle fourrée ? C'était comme si, tout à coup, elle vivait son pire cauchemar. Non seulement il faisait noir, mais il n'y avait pas un bruit. Il n'y avait rien à voir ni à entendre et elle tombait...

— Si vous permettez... dit une voix.

Et une flamme jaillit dans l'obscurité.

Elle crut l'espace d'un instant, avec horreur, que c'était Tyler, la flamme lui rappelant son briquet dans l'église en ruine. Mais presque aussitôt, elle aperçut la main pâle aux doigts fins qui tenait la bougie. Rien à voir avec les grosses pattes de Tyler. Stefan, peut-être ? Elle leva les yeux.

— Vous ? ! ? Mais qu'est-ce que vous faites là ?

Son regard alla de la silhouette aux baies vitrées, qui étaient effectivement ouvertes.

— Ça vous arrive souvent d'entrer chez les gens sans y avoir été invité ? demanda-t-elle enfin.

— Mais vous m'avez demandé d'entrer.

La voix était la même, calme, ironique et amusée. Comme le sourire.

— Et je vous en remercie, ajouta-t-il en s'asseyant sur la chaise qu'elle avait tirée.

Elle en lâcha le dossier comme s'il l'avait brûlée.

— Je ne vous ai rien demandé, dit-elle, désemparée, partagée entre la gêne et l'indignation. Qu'est-ce que vous faisiez dans le jardin de Bonnie ?

À la lumière de la flamme, ses cheveux noirs brillaient, évoquant presque une surface liquide, trop souples et trop fins pour être des cheveux humains. Il était très pâle, et en même temps, absolument irrésistible. Il avait planté son regard dans celui d'Elena, et ne le lâchait plus.

— Hélène, votre beauté est pour moi / Telles ces nefs nicéennes d'antan / Qui, doucement, sur une mer parfumée...

— Vous feriez mieux de partir tout de suite.

Elle ne voulait plus l'entendre. Sa voix provoquait d'étranges réactions en elle, elle se sentait faible, avait mal au ventre.

— Vous n'avez rien à faire ici, reprit-elle. Je vous en prie.

Elle tendit une main vers le chandelier, espérant s'en emparer et quitter la pièce, luttant contre l'étourdissement qui la prenait. Mais avant d'avoir pu le saisir, il fit quelque chose d'extraordinaire. Il lui prit la main, avec une infinie douceur, la retourna et déposa un baiser sur sa paume.

— Non... murmura Elena, stupéfaite.

— Venez avec moi, dit-il en levant les yeux.

— Non, je vous en prie...

Autour d'elle, tout se mettait à tourner. Il était fou. De quoi parlait-il ? Aller où ? Mais elle était si faible, soudain...

Il se leva, la soutint, elle se reposa contre lui, sentit ses doigts froids sur le premier bouton de son chemisier, près de sa gorge.

— Non, s'il vous plaît...

— Ce n'est rien, vous allez voir.

Il écarta le col, dégagea la gorge, soutenant sa tête de l'autre main.

— *Non !*

Elle trouva tout à coup la force de se redresser et de s'écarter, butant contre la chaise.

— Je vous ai demandé de vous en aller ! Alors allez-vous-en ! Immédiatement !

Pendant un instant, la fureur inonda le regard de l'inconnu, vague, sombre et menaçante. Puis le calme se fit dans ses yeux noirs, un sourire éclatant mais fugace illumina son visage.

— Je m'en vais, dit-il enfin. Pour l'instant.

Elle le regarda partir en secouant la tête. Lorsque les baies vitrées se refermèrent, elle reprit son souffle dans le silence.

Le silence... Complet. Anormal. Elle se tourna vers la pendule ancienne et vit qu'elle s'était arrêtée. Mais elle n'eut pas le temps de l'examiner. Les voix de Meredith et Bonnie s'élevèrent depuis le jardin.

Elle se précipita dans l'entrée, encore un peu faible sur ses jambes, reboutonnant son chemisier. La porte était ouverte et elle vit deux silhouettes, dehors, penchées sur quelque chose.

— Bonnie ? Meredith ? Qu'est-ce qu'il y a ?

Bonnie leva les yeux lorsqu'elle les eut rejointes. Ils étaient pleins de larmes.

— Il... est mort...

Avec un frisson d'horreur, Elena se pencha sur le petit tas, au pied de Bonnie. C'était son pékinois, couché sur le flanc, raide, les yeux ouverts.

— Oh, ma pauvre...

— Il était vieux, dit Bonnie, mais je ne pensais pas qu'il mourrait si tôt. Et puis il aboyait encore il y a à peine une heure.

— Nous ferions mieux de rentrer, suggéra Meredith.

Elena acquiesça. Ce n'était pas une nuit à traîner dehors, pas une nuit à inviter qui que ce soit à l'intérieur non plus. Elle en était consciente, désormais, même si elle ne comprenait toujours pas ce qui s'était passé.

C'est lorsqu'elles regagnèrent le salon qu'elle vit que son journal intime avait disparu.

Stefan éloigna son visage du cou velouté de la biche. La forêt bruissait de mille sons et il n'aurait su dire lequel l'avait dérangé.

Profitant de ce moment de distraction, l'animal sortit de son état de transe et tenta de se relever.

— Allez, va, lui souffla Stefan en le relâchant complètement.

La biche se hissa sur ses pattes et disparut dans les taillis.

Il avait assez bu. Il se lécha le coin des lèvres avec soin, sentant ses canines se rétracter et perdre leurs pointes, hypersensibles, comme toujours après qu'il s'était nourri. Il avait de plus en plus de mal à savoir s'il avait assez bu. Depuis le soir près de l'église, il n'avait plus été pris de malaise, mais il vivait dans la hantise d'en avoir un.

À dire vrai, il vivait surtout dans la hantise de reprendre ses esprits un jour, et de trouver le corps gracile d'Elena dans ses bras, sa gorge fine percée de deux petits trous rouges, son cœur au repos pour l'éternité.

C'était pourtant ce à quoi il devait s'attendre.

La soif de sang, avec ses myriades de plaisirs et de terreurs, était encore un mystère pour lui. Même s'il vivait avec depuis des siècles, il ne la comprenait toujours pas. En tant qu'humain vivant, il aurait sans aucun doute été écœuré, dégoûté, à la pensée de boire le riche nectar directement sur un corps chaud. Cela, bien sûr, si quelqu'un le lui avait proposé en ces termes.

Mais aucun mot n'avait été prononcé cette nuit-là, la nuit où Katherine l'avait transformé.

Même après toutes ces années, il s'en souvenait parfaitement. Il dormait lorsqu'elle était apparue dans sa chambre, se déplaçant avec autant de légèreté qu'une vision ou qu'un fantôme. Il était endormi, seul...

Elle portait une fine chemise de lin. C'était la veille du jour où elle devait leur faire part de sa décision. Et elle était venue à lui.

Une main blanche écarta les rideaux qui entouraient son lit, et Stefan ouvrit les yeux. Il se dressa, inquiet. Lorsqu'il la vit, ses cheveux blond cendré en cascade sur ses épaules, ses yeux bleus perdus dans l'ombre, l'émerveillement l'empêcha de prononcer le moindre mot.

Et l'amour, aussi. Il n'avait jamais rien vu d'aussi beau dans sa vie. Tremblant, il voulut ouvrir la bouche, mais elle posa deux doigts froids sur ses lèvres.

— Chut... murmura-t-elle, et le bois du lit craqua tandis qu'elle se glissait à ses côtés.

Son visage s'enflamma, son cœur se mit à battre la chamade. C'était la première fois qu'une femme partageait sa couche, et c'était Katherine. Katherine dont la beauté semblait tout droit venue du paradis, Katherine qu'il aimait plus que sa propre âme.

Et, parce qu'il l'aimait, il fit un immense effort, et réussit à parler.

— Katherine, murmura-t-il. Nous... Je peux attendre. Jusqu'à ce que nous soyons unis par les liens du mariage. Mon père arrangera tout la semaine prochaine. Ce... ce ne sera pas long...

— Chut... répéta-t-elle.

Il sentit alors la fraîcheur de sa peau. Et il ne put s'empêcher de l'enlacer, de la tenir contre lui.

— Ce que nous allons faire n'a rien à voir avec ça, dit-elle en caressant la gorge de Stefan de ses doigts fins.

Il comprit. Un éclair de peur le traversa, qui disparut sous la caresse de Katherine. Il voulait cela, voulait tout ce qui lui permettrait d'être avec Katherine.

— Allonge-toi, mon amour, murmura-t-elle.

Mon amour. Ces mots chantèrent en lui tandis qu'il reposait sa tête sur l'oreiller, relevant le menton pour que sa gorge soit bien exposée. Sa peur avait disparu, avait cédé la place à un bonheur si grand qu'il crut que cela l'anéantirait.

Les cheveux soyeux de Katherine glissèrent sur sa poitrine, il sentit sa respiration contre sa gorge, puis ses lèvres, et enfin ses dents.

La douleur fut aiguë, mais il se força à rester calme et ne dit rien, ne pensant qu'à Katherine, à son désir de tout lui donner. Presque aussitôt, la souffrance s'atténua et il sentit son sang aspiré de ses veines. Ce n'était pas terrifiant, comme il l'avait craint. Il avait le sentiment de donner, de nourrir.

Puis ce fut comme si leurs esprits entraient en communion, ne faisaient plus qu'un. Il sentit la joie éprouvée par Katherine à le boire, à absorber le sang chaud qui lui donnait vie. Et il comprit qu'elle savait quel bonheur il avait à lui offrir ce sang. Mais la limite entre rêve et réalité était de plus en plus floue, il n'arrivait plus à penser clairement, ni à penser tout court. Il ne pouvait plus que ressentir, et ses sensations l'emportaient dans une spirale, loin, loin, de plus en plus loin, brisant ses derniers liens avec la Terre.

Un peu plus tard, sans savoir comment il était arrivé là, il se réveilla dans les bras de Katherine. Elle le berçait comme une mère berce son enfant, guidant sa bouche vers sa peau nue, juste au-dessus du décolleté de sa chemise. Il y avait là une petite plaie, une coupure foncée sur la peau blanche. Il n'eut pas peur, il n'hésita pas, et lorsqu'elle caressa ses cheveux d'un geste encourageant, il plaqua ses lèvres sur la plaie et aspira.

D'un geste froid et précis, Stefan chassa les feuilles mortes accrochées à ses vêtements. Le monde des humains était endormi, abandonné à la stupeur, mais ses sens à lui étaient en éveil. Il aurait dû être rassasié, et pourtant, la faim le tenaillait encore, les souvenirs avaient éveillé son appétit. Les narines frémissantes, à l'affût de l'odeur musquée du renard, il se remit en chasse.

12

ELENA TOURNA LENTEMENT SUR ELLE-MÊME devant le miroir en pied, dans la chambre de sa tante. Margaret était assise par terre contre le grand lit, et regardait sa sœur, les yeux écarquillés d'admiration.

— J'aimerais bien avoir une robe comme ça pour aller faire la tournée des bonbons, dit-elle.

— Je t'aime mieux en petit chat blanc, moi, dit Elena en l'embrassant entre les deux oreilles de velours fixées sur le bandeau qui retenait ses cheveux.

Puis elle se tourna vers Judith, debout, aiguille et fil prêts à l'emploi.

— C'est parfait, dit celle-ci. Il n'y a rien à retoucher.

Elena semblait tout droit sortie d'un de ses livres d'histoire sur la Renaissance italienne. Épaules dénudées, taille enserrée dans un corselet qui soulignait sa finesse, manches fendues de façon à laisser deviner la soie crème de la chemise portée en dessous, et longue jupe bouffante balayant le sol dans un bruissement d'étoffe. La soie bleu pâle soulignait le bleu plus foncé des yeux d'Elena.

Sur la commode, la vieille pendule indiquait presque sept heures.

— Stefan ne devrait pas tarder à arriver, maintenant, dit Elena.

Judith jeta un coup d'œil par la fenêtre.

— D'ailleurs, je crois que c'est sa voiture, que je vois. Je vais descendre lui ouvrir.

— Laisse, j'y vais. Allez, bonne soirée ! Amuse-toi bien, Margaret.

Et elle se précipita dans l'escalier.

En descendant, elle se souvint du jour, il y avait de cela déjà presque deux mois, où elle s'était placée en travers du chemin de Stefan, en cours d'histoire. Elle avait ressenti la même appréhension, la même excitation, aussi, et la même tension.

Espérons que cette fois, ça se passera mieux, pensa-t-elle. Tous ses espoirs reposaient sur cette soirée. Elle avait le pressentiment qu'il allait se passer quelque chose, que si Stefan et elle ne se retrouvaient pas ce soir, jamais ils n'y arriveraient.

Elle lui ouvrit la porte et recula d'un pas, yeux baissés, presque timide. Mais devant son silence, elle osa un regard — et sentit son cœur défaillir.

Il était impressionné, certes, mais pas dans le bon sens. Choqué semblait plus proche de la réalité.

— Tu n'aimes pas ma robe, murmura-t-elle, les larmes aux yeux.

Il se reprit prestement, comme toujours, secoua la tête.

— Non, non, elle est très belle. Tu es très belle.

Alors pourquoi restes-tu planté là comme si tu venais de voir un fantôme ? pensa Elena. Pourquoi ne me prends-tu pas dans tes bras, ne m'embrasses-tu pas ? Fais quelque chose !

— Tu es parfait, toi, dit-elle.

C'était la vérité. Il était très élégant dans le smoking et la cape qu'il portait pour la circonstance. Elle avait été surprise qu'il accepte de se déguiser ; l'idée avait semblé l'amuser. Mais force était de constater qu'il semblait tout aussi à l'aise dans ce costume que dans le jean qu'il portait habituellement.

— On ferait mieux d'y aller, dit-il.

Elena acquiesça et le suivit jusqu'à la voiture. En elle, la chaleur, l'excitation de l'attente avaient cédé le pas à quelque chose de glacé. Il était plus loin d'elle que jamais et elle ignorait totalement comment le reconquérir.

Tandis qu'ils prenaient le chemin du lycée, le tonnerre gronda. Il ne pleuvait pas encore, mais l'atmosphère était surchargée d'électricité et les éclairs qui zébrèrent le ciel ajoutèrent une dernière touche cauchemardesque à l'ensemble. C'était un temps idéal pour Halloween, mais cela ne fit qu'accentuer le sentiment de crainte qu'avait Elena. Depuis la soirée chez Bonnie, elle n'avait plus guère le goût du surnaturel.

Elle n'avait toujours pas retrouvé son journal intime. Avec Bonnie et Meredith, elle avait fouillé la maison de fond en comble, pourtant. Elle n'arrivait pas à croire qu'il ait vraiment disparu, et l'idée qu'un inconnu lise ses pensées les plus intimes la révulsait. Car c'était évident, il avait été volé, il n'y avait pas d'autre explication. De nombreuses portes avaient été ouvertes ce soir-là chez les McCullough, n'importe qui pouvait s'être introduit dans la maison. Elle aurait voulu tuer celui ou celle qui avait fait une chose pareille.

Un regard noir lui revint en tête. Ce type, celui à qui elle avait presque cédé chez Bonnie, celui qui avait réussi à lui faire oublier Stefan ; était-ce lui ?

Au lycée, elle se força à penser à autre chose et à sourire. Dans le gymnase, l'ambiance tenait plus du chaos organisé que d'autre chose. Un petit groupe vint à sa rencontre, et elle réalisa avec un frisson qu'elle ne reconnaissait pas la moitié des gens. Il y avait plusieurs zombies au visage déformé, au teint livide et aux orbites vides, ainsi qu'un loup-garou au museau ensanglanté, et une sorcière qui avait beaucoup d'allure. Tous venaient au rapport, pour lui parler des différents problèmes qui s'étaient déjà posés depuis le début de la soirée. Elena se tourna d'abord vers la sorcière aux longs cheveux noirs et à la robe plutôt moulante.

— Qu'est-ce qu'il y a, Meredith ?

— Lyman est malade. Quelqu'un s'est arrangé pour le faire remplacer par Tanner.

— M. Tanner ? ! ? s'écria Elena, horrifiée.

— Lui-même, et il fait déjà des histoires. La pauvre Bonnie menace de péter les plombs, tu ferais mieux de venir voir.

Elena soupira et la suivit dans le labyrinthe que constituait la Maison Hantée. Elles traversèrent la triste Salle de Torture, puis l'horrible

Salle du Tueur Fou, qui, d'après elle, était trop bien réussie, car déjà, avec la lumière, elle donnait des frissons.

La Salle du Druide était près de la sortie. Des monolithes en carton y avaient été installés ; le décor était plutôt réussi, mais la jolie petite prêtresse vêtue d'une aube blanche et couronnée de feuilles de chêne semblait près de fondre en larmes.

— Mais il *faut* que vous ayez du sang sur vous, expliquait-elle d'un ton suppliant. Ça fait partie de la scène, vous êtes le sacrifié.

— Porter une espèce de chemise de nuit ridicule, passe encore, à la limite. Mais personne ne m'avait dit que j'allais devoir m'asperger de sauce tomate.

— C'est pas vraiment sur vous, c'est juste sur le vêtement de cérémonie et sur l'autel. C'est parce que je vous sacrifie, répéta Bonnie comme si cela avait des chances de le convaincre.

— J'ai quelques doutes sur la véracité de telles pratiques. Et puis, contrairement à ce qu'on croit en général, les druides n'ont rien à voir avec l'érection de monolithes. Le site de Stonehenge, que vous essayez pitoyablement de recréer ici, remonte aux peuples de l'âge de bronze qui...

— Monsieur Tanner, l'interrompit Elena, là n'est pas la question.

— Pour vous, non, bien sûr. C'est d'ailleurs pour cela que vous et votre camarade névrosée êtes en passe d'échouer en histoire.

— Ce commentaire est totalement déplacé, dit une voix.

Stefan les avait rejoints et se tenait juste derrière Elena.

— Monsieur Salvatore, soupira Tanner, l'air de dire : « Il ne manquait plus que vous. » Je suppose que vous avez d'autres sages remarques du même genre ? Ou bien allez-vous me coller un œil au beurre noir ?

Il toisa Stefan, qui ne bougea pas, naturellement élégant dans son smoking taillé sur mesure. Alors Elena réalisa une chose.

Tanner n'était pas beaucoup plus vieux qu'eux. Il faisait plus âgé à cause de sa calvitie précoce, mais sans doute n'avait-il que vingt-cinq, vingt-six ans. Elle se souvint de l'avoir vu lors de la soirée de rentrée, dans son costume en mauvais tissu qui tombait mal. Il n'était probablement pas allé à cette soirée traditionnelle quand il était au lycée, il n'en avait sans doute pas eu les moyens. Pour la première fois, elle éprouva de la sympathie pour lui.

Peut-être Stefan ressentit-il la même chose, car bien qu'il eût fait un pas en avant et fût nez à nez avec le petit homme, il répondit très calmement :

— Pas du tout. Je pense simplement que tout cela prend des proportions exagérées. Pourquoi ne pas...

Elena n'entendit pas le reste, mais il parlait d'un ton posé, apaisant, et Tanner semblait l'écouter. Elle se retourna vers le drôle de groupe qui s'était formé derrière elle : quatre ou cinq fantômes, le loup-garou, un gorille et un bossu.

— C'est bon, tout va bien, vous pouvez retourner à vos occupations.

Ils se dispersèrent. Stefan s'occupait de tout, même si elle ne savait pas comment, à vrai dire, puisqu'elle ne voyait que sa nuque.

Sa nuque... L'espace d'un instant, une image lui revint à l'esprit. C'était le jour de la rentrée, quand elle avait vu Stefan de dos s'expliquer avec Mme Clarke. La secrétaire avait eu une étrange expression. Et justement, Elena lisait maintenant la même expression un peu hébétée sur le visage de M. Tanner. Une vague d'inquiétude l'envahit lentement.

— Allez, viens, dit-elle à Bonnie, on va voir à l'entrée.

Elles passèrent par la Salle des Aliens et celle des Morts Vivants, se glissant entre les cloisons pour aller plus vite, et arrivèrent là où les visiteurs devaient être accueillis par un loup-garou. Celui-ci avait ôté sa tête et discutait avec deux momies et une princesse égyptiennes.

Elena fut forcée d'admettre que Caroline était une Cléopâtre particulièrement réussie, les courbes de son corps bronzé agréablement discernables sous le fourreau de lin. Matt, le loup-garou, en avait d'ailleurs les yeux tout exorbités.

— Comment ça va, ici ? demanda Elena avec un entrain un peu forcé.

Matt sursauta, puis se tourna vers elle et Bonnie. Elena l'avait à peine revu depuis la désormais fameuse soirée, et elle savait que Stefan et lui ne se parlaient plus beaucoup non plus. À cause d'elle.

— Tout va bien, répondit-il, mal à l'aise.

— Quand Stefan en aura fini avec Tanner, je crois que je vais l'envoyer ici, dit Elena. Il vous aidera à faire entrer les gens.

Matt haussa les épaules pour signifier que cela lui était égal, puis sembla intrigué.

— En aura fini de quoi, avec Tanner ?

Elle le regarda, interloquée. Elle aurait juré qu'il se trouvait dans la Salle du Druide quelques instants plus tôt et avait vu ce qu'il s'y passait. Néanmoins, elle lui expliqua de quoi il retournait.

Dehors, le tonnerre gronda à nouveau, les éclairs redoublèrent.

— J'espère qu'il ne va pas pleuvoir, dit Bonnie.

— Moi aussi, dit Caroline. Personne ne viendrait et ça serait *vraiment* dommage.

Elena lui jeta un regard oblique et vit de la haine pure dans son regard de chat.

— Caroline. Écoute. Tu crois pas que toi et moi on pourrait arrêter la guéguerre ? Et si on oubliait ce qui s'est passé pour repartir de zéro ?

Sous le cobra de son diadème, Caroline haussa les sourcils avant de plisser les yeux. Elle se rapprocha d'Elena.

— Je n'oublierai *jamais*, dit-elle, avant de tourner les talons et de s'éloigner.

Cela jeta un froid. Bonnie et Matt s'absorbèrent dans la contemplation du sol, Elena alla jusqu'à la porte d'entrée pour respirer un peu d'air frais. Dehors, elle eut à nouveau un étrange pressentiment. C'est ce soir ou jamais, pensa-t-elle. S'il doit arriver quelque chose, c'est ce soir. Mais quoi ? De cela, elle n'avait pas la moindre idée.

Une voix résonna dans le gymnase.

— Bon, on va pouvoir y aller, je crois. Lumière, Ed !

La Maison Hantée fut alors plongée dans la pénombre, et l'on n'entendit plus que des grognements et des rires nerveux. Elena soupira et rentra.

— Je crois que tu peux aller te mettre en place, dit-elle à Bonnie, qui acquiesça et disparut dans le noir.

Matt avait mis sa tete de loup-garou et réglait un magnétophone diffusant par-dessus le brouhaha une musique un peu psychédélique.

Stefan apparut. Ses cheveux et ses vêtements se fondaient dans l'obscurité ; seule sa chemise blanche était visible distinctement.

— Tout est arrangé avec Tanner, dit-il. Je peux faire autre chose ?

— Ben, tu pourrais te mettre ici, avec Matt, pour faire entrer les gens...

Elena n'alla pas plus loin. Matt n'avait même pas levé la tête, et Stefan s'était raidi.

— ... ou tu peux aller dans les vestiaires et t'occuper de la machine à café.

— D'accord pour les vestiaires.

Comme il faisait demi-tour, elle vit qu'il vacillait légèrement.

— Stefan ? Ça va ?

— Ça va, dit-il, retrouvant son équilibre. Un peu fatigué, c'est tout.

Elle le regarda partir, le cœur lourd.

Se tournant vers Matt, elle voulut lui dire quelque chose, mais les premiers visiteurs l'en empêchèrent.

— C'est parti mon kiki, souffla-t-il.

Et il s'accroupit dans le noir.

Elena alla de salle en salle, vérifiant si tout allait bien. Les années précédentes, c'était cette partie-là de la soirée qu'elle avait préférée, regardant d'horribles sketches distiller une délicieuse terreur chez les visiteurs. Mais ce soir, elle était tendue, redoutait quelque chose, sans savoir quoi.

Une Faucheuse — du moins supposa-t-elle qu'il s'agissait de cela en voyant la silhouette encapuchonnée de noir — la frôla, et elle se demanda si elle en avait déjà vu lors des fêtes de Halloween. Quelque chose dans sa démarche lui était vaguement familier.

Bonnie échangea un sourire épuisé avec la belle sorcière qui faisait entrer les visiteurs dans la Salle aux Araignées. À l'intérieur, plusieurs gamins du collège tentaient d'attraper les araignées en caoutchouc et fichaient la pagaille. Elle les poussa dans la Salle du Druide.

Là, les lumières stroboscopiques conféraient à la scène tout l'aspect dramatique dont elle avait besoin. Et voir M. Tanner allongé sur l'autel, bras écartés, couvert de sauce tomate, les yeux fixant le plafond, lui redonna un peu le moral.

— C'est cool ! s'écria un des garçons en courant jusqu'à l'autel.

Bonnie sourit et resta en retrait, attendant que le sacrifié se redresse et lui fiche la trouille de sa vie.

Mais M. Tanner ne bougea pas. Même quand un des visiteurs plongea une main dans la flaque de sang, tout près de sa tête.

C'est bizarre, se dit Bonnie en se précipitant pour en empêcher un autre de s'emparer du couteau de sacrifice.

— Lâche ça ! lança-t-elle d'un ton si sec que le gamin resta la main en l'air.

Voyant la main couverte de sang, elle fut alors saisie d'une peur irraisonnée. M. Tanner allait probablement attendre qu'elle se penche sur lui pour se redresser, et la faire sauter en l'air, *elle*. Pourtant, il ne bougeait toujours pas.

— Monsieur Tanner ? Ça va ? Monsieur Tanner !

Pas un mouvement, pas un bruit. Une petite voix en Bonnie lui intima l'ordre de ne pas le toucher. Ne le touche pas, ne le touche pas, ne le touche pas...

Sous la lumière des stroboscopes, elle vit sa main avancer par à-coups, se poser sur l'épaule de M. Tanner, le secouer... Elle vit rouler sa tête, toute molle, les yeux toujours ouverts. Puis son regard se posa sur sa gorge.

Et elle se mit à hurler.

Elena entendit les cris. Contrairement à ceux qui résonnaient dans la Maison Hantée d'ordinaire, ceux-là étaient perçants, répétés. Réels. Elle comprit tout de suite que ce n'était pas une plaisanterie.

Tout ce qui suivit ne fut qu'un cauchemar.

Elle courut jusqu'à la Salle du Druide et ce qu'elle vit était bien une mise en scène, mais pas destinée aux visiteurs. Bonnie hurlait, tandis que Meredith la tenait par les épaules. Trois jeunes garçons cherchaient désespérément à sortir et deux portiers essayaient d'entrer, leur bloquant le passage. M. Tanner gisait sur l'autel des sacrifices, bras et jambes écartés, et son visage...

— Il est mort, réussit enfin à articuler Bonnie. Le... le sang... c'est du vrai... il est mort. Je l'ai *touché*, Elena, il est vraiment mort...

Quelqu'un d'autre se mit à crier, et cela fit boule de neige ; la panique se répandit, les gens se mirent à courir dans tous les sens, faisant tomber les cloisons.

— Remettez la lumière ! hurla Elena. Meredith, vite, trouve un téléphone et appelle une ambulance, et la police. Lumière, s'il vous plaît !

Quand enfin les lampes se rallumèrent, Elena constata que, autour d'elle, il n'y avait pas d'adulte, personne qui aurait pu prendre les choses en main. Que faire ? D'un côté, elle avait suffisamment de sang-froid pour réfléchir à la situation, et de l'autre, elle se sentait complètement engourdie par la terreur. M. Tanner... elle ne l'avait jamais aimé et, sans qu'elle pût l'expliquer, cela ne rendait la chose que plus difficile.

— Faites sortir tous les visiteurs. Tout le monde sort sauf le personnel de la Maison Hantée !

— Non ! Fermez les portes ! Ne laissez sortir personne jusqu'à l'arrivée de la police ! cria un loup-garou à côté d'elle avant d'ôter son masque.

Ne reconnaissant pas la voix de Matt, Elena se retourna, surprise. C'était Tyler Smallwood.

Il avait été autorisé à reprendre les cours au début de la semaine, son visage portait encore les stigmates des coups donnés par Stefan. Mais le ton employé était autoritaire et Elena vit deux des portiers fermer la porte principale. Elle en entendit une deuxième claquer à l'autre bout du gymnase.

Il y avait une dizaine de personnes dans la Salle du Druide, et elle se rendit compte qu'elle les connaissait à peine. L'une d'entre elles, un garçon déguisé en pirate, s'adressa à Tyler :

— Tu veux dire que... tu penses que celui qui a fait ça est ici ?

— Celui qui a fait ça est ici, j'en suis certain, répondit Tyler.

Il semblait en tirer un certain plaisir, cela s'entendait au son de sa voix.

— Le sang n'est pas encore coagulé, ajouta-t-il en montrant la flaque, donc c'est arrivé il y a peu de temps. Et regardez comment la gorge a été tranchée. Le tueur a dû frapper avec le couteau du sacrifice.

— Alors il est encore parmi nous, chuchota une fille en kimono.

— Et deviner de qui il s'agit ne devrait pas être très difficile. C'est quelqu'un qui haïssait Tanner, qui se disputait toujours avec lui. Quelqu'un qui s'est disputé avec lui pas plus tard que ce soir. Je l'ai vu.

C'était donc lui, le loup-garou dans la Salle du Druide, pensa Elena. Mais que faisait-il là ? Il n'appartenait pas au groupe chargé de l'organisation de la soirée.

— Quelqu'un qui est connu pour être violent, continuait Tyler avec un demi-sourire. Quelqu'un qui, d'après ce qu'on peut en conclure, n'est venu à Fell's Church que pour tuer.

Ce dernier commentaire tira Elena de son état second. Furieuse, elle s'avança vers lui, mais il ne la regarda même pas.

— Tyler, mais de quoi tu parles ? Tu es dingue ?

— C'est ce que dit sa petite amie, mais peut-être n'est-elle pas tout à fait objective...

— Parce que toi, tu l'es ? demanda une voix dans le groupe.

Elena vit un second loup-garou s'approcher. Matt.

— Tiens, en voilà un autre qui le défend. Alors peut-être que tu pourrais nous dire ce que tu sais à propos de Salvatore ? D'où vient-il ? Où est sa famille ? D'où vient tout son argent ? (Tyler se tourna vers le reste du groupe.) Quelqu'un sait-il quoi que ce soit sur ce type ?

Tous secouèrent la tête. Visage après visage, Elena vit naître la méfiance, la méfiance envers tout ce qui est inconnu, différent. Et Stefan était différent ; il était l'étranger, et ils avaient besoin d'un bouc émissaire.

— J'ai entendu dire... commença la fille en kimono.

— Exactement ! l'interrompit Tyler. Tu as entendu dire. Des rumeurs, voilà tout ce qu'on a. Personne ne sait rien de lui. Mais moi, je sais une chose, c'est que les agressions qui ont eu lieu à Fell's Church ont commencé la semaine de la rentrée des classes. *C'est-à-dire la semaine où Stefan Salvatore est arrivé à Fell's Church !*

Un murmure se répandit alors, enfla, enfla encore, gagnant toute l'assemblée. Elena elle-même était sous le choc. Bien sûr, c'était ridicule, une coïncidence tout au plus. Mais ce que Tyler venait de dire était vrai. Les agressions avaient commencé quand Stefan était arrivé.

— Je vais vous dire autre chose, cria Tyler en gesticulant pour obtenir le silence. Taisez-vous ! Je vais vous dire autre chose.

Il attendit que tout le monde se soit tu et il ajouta :

— Il était dans le cimetière le soir où Vickie Bennett a été attaquée.

— Bien sûr qu'il y était, intervint Matt. Il te refaisait une beauté.

Mais le ton n'était pas suffisamment sûr de lui. Tyler en profita pour rebondir :

— Oui, et il a failli me tuer. Et ce soir, quelqu'un a vraiment tué Tanner. Je ne sais pas ce que vous en dites, mais moi je pense que c'est lui. C'est Salvatore l'assassin !

— Où est-il ? demanda quelqu'un.

Tyler regarda autour de lui.

— Il est forcément encore dans les parages. Trouvons-le !

— Stefan n'a rien fait ! s'écria Elena.

Mais sa voix ne portait pas suffisamment pour couvrir le brouhaha qui s'ensuivit, chacun répétant les paroles de Tyler : *Trouvons-le... trouvons-le... trouvons-le*. Sur les visages, la méfiance avait cédé le pas à la colère et à la soif de vengeance. Le groupe n'allait pas tarder à être incontrôlable.

— Où est-il, Elena ? demanda Tyler.

Il y avait l'étincelle de la victoire dans son regard, il prenait du plaisir à tout cela, c'était évident. Elle aurait voulu le frapper.

— Je n'en sais rien, répondit-elle sur le ton du défi.

— Il est forcément par là. Il faut le trouver ! hurla quelqu'un.

Alors tout le groupe se mit en mouvement, poussant, criant, montrant du doigt. Les cloisons tombèrent et furent piétinées.

Le cœur d'Elena battait à cent à l'heure. Ce n'était plus un groupe, c'était une foule déchaînée. Dieu savait ce qu'ils étaient capables de faire à Stefan s'ils le trouvaient. Mais essayer d'aller le prévenir, c'était mener Tyler droit à lui.

Elle regarda autour d'elle, impuissante. Bonnie fixait toujours le visage sans vie de M. Tanner ; elle était sous le choc et ne lui serait d'aucune aide. Restait Matt.

Il semblait un peu perdu, avait les cheveux ébouriffés, les joues rouges, et l'air en colère. Elena le supplia du regard.

Matt, je t'en prie, pensa-t-elle. Tu ne peux pas croire à tout cela. Tu sais que ce n'est pas vrai.

Mais dans ses yeux, elle vit qu'il n'en savait plus rien.

S'il te plaît, Matt, s'il te plaît. Essaie de comprendre, toi seul peux le sauver. Même si tu ne crois pas... essaie au moins de lui faire confiance... s'il te plaît...

Quelque chose changea alors dans le regard de Matt, la confusion céda le pas à la détermination. Il fixa Elena encore un instant, vrilla ses yeux dans les siens, et fit oui de la tête, une seule fois. Puis il tourna les talons et disparut parmi les autres.

Il se fraya un passage à travers ceux qui, désormais, se prenaient pour des chasseurs, et atteignit l'autre côté du gymnase. Des élèves plus jeunes se tenaient près de la porte des vestiaires. D'un ton sans appel, il leur ordonna de s'occuper des cloisons tombées à terre. Ils obtempérèrent et il en profita pour se glisser dans les vestiaires.

Il jeta un coup d'œil rapide autour de lui, ne voulant pas crier. De toute façon, Stefan avait dû entendre le brouhaha venu du gymnase et était probablement déjà parti. C'est alors qu'il vit le corps vêtu de noir allongé sur le sol carrelé de blanc.

— Stefan ! Que s'est-il passé ?

L'espace d'un instant, Matt crut qu'il avait devant lui un second cadavre. Mais comme il s'agenouillait près de Stefan, celui-ci remua. Il l'aida à s'asseoir.

— Ça va ? Tiens, appuie-toi sur moi.

— Oui, ça va, dit Stefan.

Mais il n'avait pas l'air d'aller bien. Il était livide, et ses pupilles étaient complètement dilatées. Il semblait désorienté, et malade.

— Merci.

— Tu me remercieras moins dans une minute. Stefan, il faut que tu partes d'ici. Tu ne les entends pas ? Ils te cherchent.

— Qui ? Qui me cherche ?

— Tout le monde, peu importe qui en particulier. Ce qui importe, c'est que tu quittes cet endroit avant qu'ils n'arrivent.

Comme Stefan ne semblait pas réagir, il ajouta :

— Quelqu'un d'autre a été attaqué. M. Tanner. Il est mort, Stefan, et ils croient tous que c'est toi qui l'as tué.

Enfin, une lueur de compréhension éclaira le regard de Stefan. De compréhension mêlée d'horreur, mais aussi de résignation. Matt prit Stefan par les épaules et le secoua.

— Moi je sais que tu n'as rien fait, dit-il. Et ils finiront bien par se rendre compte que c'est vrai, eux aussi, quand ils auront retrouvé leur raison. Mais en attendant, il vaut mieux que tu t'en ailles.

— Que je m'en aille... oui, dit Stefan d'un ton amer. Je vais... m'en aller.

— Stefan...

— Matt.

Le regard vert était sombre et brûlant. Matt s'aperçut qu'il n'arrivait pas à s'en détacher.

— Est-ce que Elena va bien ? Bon. Alors prends soin d'elle. S'il te plaît.

— Stefan, mais de quoi parles-tu ? Tu es innocent, tout va bien se passer...

— Prends soin d'elle, c'est tout.

Matt se redressa, toujours rivé au regard de Stefan. Puis, lentement, il fit oui de la tête.

— Je prendrai soin d'elle, dit-il doucement.

Et il regarda Stefan se lever et quitter la pièce.

13

Elena se tenait au centre d'un cercle d'adultes et de policiers, attendant de pouvoir s'éclipser. Elle savait que Matt avait réussi à prévenir Stefan à temps — il le lui avait fait comprendre d'un regard, mais n'avait pas encore pu s'approcher pour lui parler.

Enfin, l'attention des uns et des autres se porta sur le mort, et elle put rejoindre son ami.

— Stefan a pu s'en aller sans problème, dit-il sans quitter le groupe d'adultes des yeux. Mais il m'a dit de prendre soin de toi, alors je ne bouge pas d'ici.

— De prendre soin de moi ? s'étonna Elena, à la fois méfiante et inquiète.

Puis, presque aussitôt, elle ajouta :

— Je vois. Écoute, Matt, il faut que j'aille me laver les mains, Bonnie m'a mis du sang partout. Attends-moi ici, je reviens.

Il voulut protester, mais déjà, elle s'en allait. Elle montra ses mains au professeur qui gardait la porte des vestiaires, il la laissa entrer. Une fois à l'intérieur, elle continua droit sur la porte du fond, qui donnait dans le lycée désert. De là, elle sortit et s'enfonça dans la nuit.

Zuccone ! pensa Stefan en balayant d'une main la surface d'une étagère, envoyant balader une série de livres. Idiot ! Idiot aveugle et détestable. Comment avait-il pu être aussi bête ?

Trouver sa place parmi eux ? Se faire accepter comme l'un d'eux ? Il fallait être stupide pour imaginer que cela était possible.

Il attrapa une des grosses malles, la jeta à travers la pièce. Elle se fracassa contre un mur, une vitre se fendit. Idiot. *Idiot.*

Qui lui en voulait ? Tout le monde. C'est ce que Matt avait dit : « Quelqu'un d'autre a été attaqué... ils croient tous que c'est toi qui l'as tué. »

Eh bien, pour une fois, il semblait donc que les *barbari*, les humains et leur peur de tout ce qui leur était inconnu, aient eu raison. Comment, sinon, expliquer ce qui s'était passé ? Il avait senti la faiblesse, puis la confusion et sa spirale, et ensuite les ténèbres l'avaient emporté. Lorsqu'il avait rouvert les yeux, ç'avait été pour entendre Matt lui dire qu'un autre humain avait été massacré. Délesté non seulement de son sang, mais aussi de sa vie. Comment expliquer cela autrement qu'en désignant Stefan comme assassin ?

Un assassin, voilà bien ce qu'il était, en effet. L'incarnation du Mal. Une créature née dans les ténèbres, destinée à y vivre, à y chasser et à s'y tapir pour l'éternité. Alors pourquoi ne pas tuer ? Pourquoi ne pas suivre sa nature ? Puisqu'il ne pouvait pas la changer, autant s'y complaire. Il allait lâcher toute sa noirceur sur cette ville qui le détestait, qui le chassait.

Mais avant... il avait soif. Ses veines lui brûlaient tant elles étaient sèches. Il lui fallait se nourrir... vite... maintenant.

La pension était plongée dans l'obscurité. Elena frappa, personne ne lui répondit. Le tonnerre gronda, mais il ne pleuvait toujours pas.

Elle frappa trois fois, puis, n'obtenant pas de réponse, elle poussa la porte, qui s'ouvrit. À l'intérieur, il n'y avait pas un bruit, et on n'y voyait goutte. Elle se dirigea à tâtons vers l'escalier et le gravit.

Il faisait tout aussi noir sur le palier du premier étage, et elle trébucha en cherchant la pièce d'où partait le second escalier. Une faible lumière filtrait par-dessous la porte du haut. Elle monta, avec le sentiment oppressant que les murs se rapprochaient, l'enserraient. Arrivée devant la porte, elle frappa doucement.

— Stefan, murmura-t-elle. Stefan, c'est moi.

Pas de réponse. Elle posa la main sur la poignée et l'actionna ; la porte s'ouvrit.

— Stefan...

Elle parlait à une chambre vide.

Une chambre qui n'était plus que chaos. On aurait dit qu'un ouragan s'était engouffré dans la pièce, soulevant tout sur son passage et ne laissant derrière lui que destruction. Les malles étaient ouvertes, leur contenu répandu sur le sol, une des fenêtres était brisée. Tout ce que possédait Stefan, tous les objets qu'il avait si soigneusement conservés et auxquels il semblait tenir, était éparpillé comme un tas de détritus.

La terreur envahit Elena. La violence de cette scène était évidente et lui donnait presque le tournis. « Quelqu'un de violent », avait dit Tyler.

Je m'en fiche, pensa-t-elle, la colère prenant une fois de plus en elle le pas sur la peur. Je me fiche de tout, Stefan. Je veux te voir, point. Mais où es-tu ?

Dans le plafond, la trappe était ouverte et laissait entrer un courant d'air froid.

C'était la première fois qu'elle montait là-haut, et sa robe longue ne lui facilitait pas la tâche. Elle déboucha à genoux sur le belvédère, se redressa et aperçut une silhouette, à quelques pas de là.

— Stefan, dit-elle en s'approchant, il fallait que je vienne...

Elle s'interrompit. Un éclair venait d'illuminer le ciel, au moment même où la silhouette faisait volte-face. Ce fut alors comme si ses pires pressentiments, ses pires cauchemars devenaient réalité. Crier ne suffisait plus. C'était pire que tout.

Mon Dieu... non. Son esprit refusa d'abord d'enregistrer et de comprendre ce qu'elle voyait. Non. Non. Elle ne voulait pas le regarder, elle ne voulait pas le croire...

Mais comment s'empêcher de voir ? Même en fermant les yeux, chaque détail de cette scène était désormais gravé dans son esprit. L'éclair avait brûlé sa mémoire au fer rouge.

Stefan. Stefan, si élégant, si raffiné. Stefan avec sa chevelure noire, son blouson de cuir noir au col remonté. Stefan avait été pris dans ce flash de lumière, à demi tourné vers elle, accroupi dans une position animale, un rictus bestial lui tordant le visage.

Et la bouche dégoulinante de sang. Du sang horriblement rouge à côté de la pâleur de son teint, à côté de la blancheur de ses dents découvertes. Il avait entre les mains le corps d'une colombe, blanche elle aussi, ailes déployées. Une autre gisait à ses pieds, tel un mouchoir souillé et froissé avant d'être jeté.

— Mon Dieu, non... murmura Elena en reculant.

Elle ne pouvait que répéter ces trois mots, tant l'horreur était au-delà de tout ce qu'elle pensait pouvoir affronter. Elle n'arrivait plus à penser, refusait juste de croire ce qu'elle voyait.

— Mon Dieu, non...

— Elena !

Plus terrible encore étaient le regard animal de Stefan, ce rictus qui déformait son visage, même lorsqu'il laissa la place au désespoir.

— Elena, je t'en prie, Elena, ne...

— Non ! *Non !*

Les cris avaient du mal à sortir, lui déchiraient la gorge. Elle recula encore, car il avait fait un pas vers elle, lui tendait la main, cette main aux doigts si fins qui avait caressé ses cheveux avec tant de délicatesse...

— Elena, je t'en prie, fais attention...

Cette horrible chose, ce visage monstrueux aux yeux verts incandescents venait vers elle. Prise de panique, elle se jeta en arrière et heurta le garde-fou métallique du belvédère. Plus que centenaire, mangé par la rouille, celui-ci céda sous son poids. Elle entendit les craquements mêlés du bois et du métal, auxquels s'ajouta son propre cri. Et puis il n'y eut plus que le vide derrière elle, plus rien à quoi s'accrocher, se rattraper. Elle tomba dans le vide en hurlant. Tomba, tomba...

Mais le terrible impact ne vint pas. Tout à coup, des bras l'enveloppèrent, la soutinrent, ralentirent sa chute. Il y eut un choc sourd, les bras se resserrèrent autour d'elle, elle sentit que quelque chose absorbait son poids. Et le calme revint.

Elle resta immobile un instant, tentant de retrouver ses esprits, de croire, une fois de plus, quelque chose d'incroyable : elle était tombée du toit, l'équivalent de trois étages, et pourtant elle était vivante, dans le jardin, derrière la pension, debout sur un tapis de feuilles mortes, là où son corps aurait dû se disloquer.

Lentement, elle leva les yeux vers le visage de celui qui la tenait dans ses bras. Stefan.

Mais la terreur avait été trop intense, ce soir, les coups avaient été trop nombreux. Elle ne pouvait plus réagir. Tout ce dont elle était capable, c'était de l'interroger du regard.

Il y avait une telle tristesse dans les yeux de Stefan. L'incandescence avait disparu, ne restaient plus que le vide, le désespoir. Comme le premier soir, dans sa chambre. Pire. Car elle y vit aussi que Stefan se détestait pour ce qu'il avait fait. Et cela, elle ne pouvait pas le supporter.

Envahie à son tour par la tristesse, elle réalisa alors que les traces rouges encore visibles aux commissures des lèvres de Stefan éveillaient en elle, en plus d'une instinctive horreur, de la pitié. Être si seul, si différent et si seul...

— Oh, Stefan, murmura-t-elle.

— Viens, dit-il doucement.

Et il la soutint jusqu'à la maison.

Devant l'étendue du désastre dans sa chambre, Stefan se sentit honteux. Qu'Elena voie une chose pareille lui était insupportable. Mais après tout, qu'elle découvre qui il était vraiment et de quoi il était capable était peut-être aussi bien.

Elle alla jusqu'au lit d'un pas hésitant et s'assit. Puis elle leva les yeux vers lui, fixa son regard au sien.

— Raconte-moi.

Il eut un petit rire, la vit tressaillir et ne s'en détesta qu'un peu plus.

— Que veux-tu savoir ? demanda-t-il en posant un pied sur une des malles renversées, regardant Elena presque avec défi. Qui a fait ça ? Moi.

— Tu es fort. Et rapide, aussi, ajouta-t-elle comme si elle se souvenait tout à coup de ce qui s'était passé sur le toit.

— Plus fort qu'un humain, dit-il en insistant sur le dernier mot. Mes réflexes sont plus rapides, et je suis plus résistant. Il le faut. Je suis un chasseur, ajouta-t-il d'une voix dure.

Quelque chose dans le regard d'Elena lui rappela qu'elle l'avait interrompu, sur le belvédère. Il s'essuya la bouche du revers de la main puis s'empara d'un verre d'eau miraculeusement épargné. Il sentit son regard sur lui tandis qu'il buvait. Il avait cru ne plus attacher d'importance à ce qu'elle pensait, mais se rendit compte que c'était faux. Une fois encore, il s'essuya la bouche.

— Tu peux manger et boire... autre chose, dit-elle.

— Je n'en ai pas besoin. Je n'ai besoin de rien d'autre. Tu as dit que j'étais rapide, mais c'est justement ce que je ne suis pas. Pour être rapide, il faut être en vie. Et je ne le suis plus.

Il vit qu'elle tremblait. Mais sa voix était calme, et ses yeux ne quittèrent pas les siens une seconde.

— Raconte-moi, répéta-t-elle. Stefan, j'ai le droit de savoir.

Elle avait dit la même chose le premier soir et, une fois encore, c'était vrai. Elle avait le droit de savoir. Il contempla quelques instants la fenêtre brisée, cherchant quoi dire, puis se tourna vers elle, et commença son histoire d'une voix monocorde :

— Je suis né à la fin du XVe siècle. Est-ce que tu me crois quand je te dis cela ?

Elle regarda les objets éparpillés dans la chambre. Les florins, la coupe en agate, la dague.

— Oui. Oui, je te crois.

— Et tu veux en savoir plus ? Comment je suis devenu ce que je suis ?

Elle acquiesça. Il regarda de nouveau vers la fenêtre. Comment lui dire ? Lui qui avait évité les questions depuis si longtemps était devenu le champion de la dissimulation...

Il n'y avait qu'une façon, c'était de lui dire la vérité, de ne rien lui cacher. De tout déposer à ses pieds, tout ce qu'il n'avait jamais offert à qui que ce soit.

Et il avait beau savoir que cela la ferait fuir, il voulait le faire. Il avait besoin de montrer à Elena ce qu'il était en réalité.

Alors, le regard perdu dans l'obscurité, il commença.

À mots choisis, sans passion, sans émotion, il lui raconta son père, ce solide notable de la Renaissance, son univers, à Florence et dans leur domaine, à la campagne. Il lui parla de ses études et de ses ambitions. De son frère, si différent de lui, et de leur mésentente.

— J'ignore à quel moment Damon s'est mis à me détester. À vrai dire, aussi loin que je me souvienne, il m'a toujours haï. Peut-être est-ce parce que ma mère ne s'est jamais remise de ma naissance. Elle est morte quelques années plus tard. Damon l'aimait par-dessus tout et j'ai toujours eu l'impression qu'il me reprochait sa disparition. Et puis plus tard, ajouta-t-il après un silence, il y a eu une jeune fille.

— Celle à qui je ressemble ? demanda doucement Elena.

Il répondit d'un hochement de tête.

— Celle, reprit-elle, qui t'a donné cette bague ?

Il regarda le bijou en argent à son doigt, puis, lentement, tira celui qui pendait à une chaîne, autour de son cou.

— Oui, c'était la sienne. Sans ce talisman, nous mourons quand nous sommes exposés au soleil. Nous brûlons, en quelque sorte.

— Alors, elle était... comme toi ?

— C'est elle qui m'a fait ce que je suis.

Il lui parla ensuite de Katherine, de sa beauté et de sa douceur, et de l'amour qu'il avait éprouvé pour elle. Et de l'amour que Damon avait éprouvé pour elle.

— Elle était si délicate, si attentionnée... Elle donnait de l'affection à tout le monde, et à mon frère aussi. Mais nous avons fini par lui demander de choisir entre nous deux. Et elle est venue vers moi.

Le souvenir de cette nuit, de cette délicieuse et terrible nuit, l'envahit. Elle était venue vers lui. Quelle joie il avait ressentie... Il tenta d'expliquer cela à Elena. Toute cette nuit il avait été heureux, profondément heureux, y compris le lendemain matin, quand, à son réveil, il ne l'avait pas trouvée, il avait continué d'éprouver le plus grand des bonheurs...

Cela avait peut-être été un rêve, mais les deux petites coupures dans son cou étaient bien réelles. Il fut surpris de constater qu'elles ne lui faisaient pas mal et semblaient avoir déjà cicatrisé, au moins en partie. Elles étaient cachées par son col de chemise.

Le sang de Katherine coulait dans ses veines maintenant. Rien qu'à cette idée, son cœur se mit à battre plus fort. Elle lui avait donné sa force, elle l'avait choisi.

Il eut même un sourire pour Damon ce soir-là lorsqu'ils se retrouvèrent à l'endroit du rendez-vous. Bien qu'absent toute la journée de la maison, Damon arriva juste à l'heure dans le jardin si soigneusement aménagé, et attendit appuyé contre un arbre, réajustant ses manchettes. Katherine était en retard.

— Peut-être est-elle fatiguée, suggéra Stefan en regardant pâlir le ciel orangé. Peut-être a-t-elle eu besoin de se reposer plus que d'ordinaire.

Damon lui lança un regard perçant.

— Peut-être, dit-il d'un ton énigmatique, comme s'il voulait laisser entendre qu'il en savait plus.

Mais bientôt, un pas léger annonça l'arrivée de celle qu'ils attendaient. Elle apparut entre les haies taillées, en robe blanche, aussi belle qu'un ange.

Elle leur sourit à tous deux. Stefan lui rendit poliment son sourire, n'évoquant leur secret que du regard. Puis il attendit.

— Vous m'avez demandé de choisir, dit-elle en les regardant l'un après l'autre. Me voici donc au rendez-vous que j'ai fixé, je vais vous dire qui j'ai choisi.

Elle leva une main, celle qui portait la bague, et Stefan en observa la pierre, qui était du même bleu que celui de la nuit. C'était comme si Katherine portait toujours sur elle un morceau de la nuit.

— Vous connaissez tous les deux cette bague, dit-elle calmement. Et vous savez que sans elle, je mourrais. Faire fabriquer de tels talismans n'est pas chose facile, mais heureusement, Gudren est intelligente. Et il y a beaucoup de joailliers à Florence.

Stefan écoutait sans comprendre, mais lorsqu'elle le regarda, il lui renvoya un sourire encourageant.

— Donc, continua-t-elle en le fixant, j'ai fait faire quelque chose pour toi.

Elle lui prit la main et pressa quelque chose au creux de sa paume. C'était une bague identique à la sienne, mais plus grosse et plus lourde, et en argent plutôt qu'en or.

— Tu n'as pas encore à affronter le soleil, dit-elle. Mais bientôt, tu devras le faire.

La fierté et la fascination empêchèrent Stefan de dire un mot. Il aurait voulu baiser la main de Katherine, la prendre dans ses bras, là, tout de suite, devant Damon, mais elle se détourna.

— Et pour toi, dit-elle à l'intention de son frère. Car tu en auras bientôt besoin toi aussi.

Stefan crut que ses oreilles le trahissaient. La chaleur, la gentillesse qu'il entendait dans la voix de Katherine ne pouvaient pas être destinées à son frère. Ses yeux le trahissaient sans doute eux aussi, lui montrant l'impossible. Dans la main de Damon, Katherine déposait la même bague que la sienne.

Le silence qui suivit fut absolu, digne de la fin du monde.

— Katherine... réussit enfin à dire Stefan. Comment peux-tu lui donner cela ? Après ce que nous avons *partagé*...

— Ce que *vous* avez partagé ?

La voix de Damon claqua comme un fouet.

— Hier soir, elle est venue *me* voir. Son choix est fait, aboya-t-il à l'intention de Stefan.

Et pour appuyer son propos, il défit brusquement son col pour révéler deux petites marques sur sa gorge, que Stefan fixa sans rien dire, luttant contre la nausée. Deux petites marques identiques aux siennes.

Il secoua la tête, incrédule.

— Mais Katherine... ce n'était pas un rêve... tu es venue *me* rejoindre...

— Je suis venue vous voir tous les deux hier soir, dit Katherine d'une voix posée, l'air serein. Cela m'a beaucoup affaiblie, mais je suis si heureuse de l'avoir fait. Vous ne comprenez donc pas ? continua-t-elle devant leurs regards stupéfaits. Voilà mon choix ! Je vous aime tous les deux et je ne veux renoncer ni à l'un ni à l'autre. Désormais nous serons toujours tous les trois et nous serons heureux.

— Heureux...

Stefan manqua de s'étrangler en prononçant ce mot.

— Oui, heureux ! Nous serons trois joyeux compagnons, ensemble pour l'éternité ! Sans jamais subir la maladie, sans jamais vieillir, jusqu'à la fin des temps ! Voilà mon choix.

Sa voix vibrait d'allégresse, elle était rayonnante.

— Heureux... avec *lui* ? demanda Damon, tremblant de fureur, et livide. Avec ce manant entre nous ? Ce beau parleur, parangon de vertu ? Je supporte déjà tout juste de le voir maintenant. Je ne souhaite qu'une chose, c'est de ne plus jamais le croiser, ne plus jamais l'entendre !

Tout ceci était la faute de Damon, il avait empoisonné l'esprit de Katherine pour qu'elle ne sache plus ce qu'elle faisait.

— C'est étonnant, je souhaite la même chose en ce qui te concerne, mon *cher frère* ! Et je suis bien tenté de faire ce qu'il faut pour, grogna Stefan, le cœur battant.

Son frère le prit au mot.

— Alors tire ton épée, si tu sais où elle est !

— Damon, Stefan, je vous en prie ! Non ! s'écria Katherine en s'interposant, retenant le bras de Stefan. Réfléchissez à ce que vous dites. Vous êtes frères.

— Je n'y suis hélas pour rien, cracha Damon.

— Ne pouvez-vous donc pas faire la paix ? Pour moi, Damon... Stefan ? *Je vous en conjure*.

Une partie de Stefan aurait voulu fondre devant les larmes de Katherine, devant son désespoir. Mais sa fierté bafouée et sa jalousie étaient trop fortes et il savait que son visage était aussi dur, fermé que celui de Damon.

— Non, dit-il. Nous ne pouvons pas. Ce doit être l'un ou l'autre, Katherine. Jamais je ne te partagerai avec lui.

Katherine lâcha son bras, de grosses larmes roulèrent sur ses joues, allant tacher sa belle robe blanche. Elle étouffa un sanglot puis, sans cesser de pleurer, ramassa ses jupons et s'en alla en courant.

— Alors Damon prit la bague qu'elle lui avait donnée et la passa à son doigt, expliqua Stefan, la voix rendue rauque par l'émotion et la fatigue. Puis il se tourna vers moi et dit : « C'est moi qui l'aurai, *mon cher frère*. » Et il s'en alla.

Elena était toujours assise sur le lit, elle le regardait de ces yeux qui ressemblaient tant à ceux de Katherine, surtout en cet instant, rougis par le chagrin et l'angoisse. Mais Elena ne partit pas. Elle lui parla.

— Et... que s'est-il passé, ensuite ?

Les poings de Stefan se serrèrent convulsivement, il s'écarta brusquement de la fenêtre. Non, pas ce souvenir. Il ne supportait pas ce souvenir, alors comment supporter d'en parler ? Et comment faire ? Comment entraîner Elena vers les ténèbres et lui révéler quelles horreurs l'attendaient là-bas ?

— Non, dit-il. Je ne peux pas.

— Tu dois me le dire, insista-t-elle doucement. Stefan, c'est la fin de l'histoire, n'est-ce pas ? C'est cela que tu gardes à l'abri des murs derrière lesquels tu te retranches, et c'est cela que tu as peur de me montrer. Mais tu dois me le montrer. Stefan, tu ne peux pas t'arrêter maintenant.

Il sentait l'horreur tentant de le happer, le trou béant qu'il avait si clairement vu, si nettement senti ce jour-là, il y avait bien longtemps. Le jour où tout avait pris fin... et où tout avait commencé.

Elena lui prit la main, referma ses doigts sur les siens, lui communiquant sa chaleur, sa force.

— Dis-moi.

— Tu veux savoir ce qui est arrivé ensuite, ce qu'est devenue Katherine ? murmura-t-il.

Elle fit oui de la tête, le regard lourd de fatigue mais toujours animé du même courage.

— Je vais te le dire, alors. Elle est morte le lendemain. Mon frère Damon et moi, nous l'avons tuée.

14

CES MOTS LUI DONNÈRENT LA CHAIR DE POULE. Elle se souvint de ce qu'elle avait vu sur le toit, du sang sur les lèvres de Stefan, et retint un mouvement de recul.

— Ce n'est pas possible, Stefan... Je te connais. Tu n'as pas pu faire une chose pareille...

Il ne sembla même pas entendre ses protestations. Il fixait quelque chose, bien au-delà d'Elena, bien au-delà de tout.

— Ce soir-là, allongé dans mon lit, j'ai espéré, espéré qu'elle viendrait. Déjà, des changements s'étaient opérés en moi. Je voyais mieux dans le noir, il me sembla que j'entendais mieux, aussi. Je me sentais bien plus fort, débordant d'énergie. Et j'avais faim.

» C'était une faim que je n'avais jamais imaginée. À table, la nourriture ordinaire n'était pas parvenue à la rassasier, et je n'avais pas compris pourquoi. Jusqu'à ce que je voie le cou blanc d'une de nos servantes. Là, j'ai compris. Ce soir-là, j'ai résisté à la faim, de toutes mes forces. Je pensais à Katherine et je priais pour qu'elle vienne. Je priais ! Comme si une créature comme moi pouvait prier.

Il eut un rire amer, mais son regard était toujours aussi sombre. Ce souvenir le torturait, c'était évident. Les doigts d'Elena étaient engourdis à force de serrer les siens, mais elle serra encore un peu, pour tenter de le rassurer.

— Continue, Stefan.

Il avait du mal à parler, maintenant. Il semblait avoir oublié sa présence, comme s'il se racontait cette histoire à lui-même.

— Le lendemain, le besoin était encore plus fort. Mes veines étaient sèches, craquelées. Je savais que je ne tiendrais plus très longtemps. Alors je suis allé dans les appartements de Katherine. Je voulais la voir, la supplier... Mais Damon était déjà là, attendait devant sa porte. J'ai tout de suite vu qu'il n'avait pas résisté à la faim, lui. L'éclat de son teint, l'énergie de son pas, tout me le disait. Il avait l'air aussi frais que le chat qui vient de laper une assiette de lait.

» Mais il n'avait pas eu Katherine. "Tu peux frapper tant que tu veux, me dit-il, le dragon qui lui sert de dame de compagnie ne te laissera pas entrer. J'ai déjà essayé. Unirons-nous nos forces, toi et moi, pour passer outre la mégère ?"

» Je ne lui ai pas répondu. Cet air satisfait, rusé me dégoûtait. J'ai frappé, frappé à réveiller... j'allais dire à réveiller les morts. Mais les morts ne sont pas si difficiles que cela à réveiller, finalement, non ?

Il eut un autre rire amer, puis se tut un moment avant de reprendre :

— Gudren, la dame de compagnie, finit par ouvrir. Elle me fixa, impassible. Je lui demandai si je pouvais voir sa maîtresse, m'attendant qu'elle me dise qu'elle dormait. Au lieu de cela, Gudren me regarda, puis regarda Damon, derrière moi.

» "Je ne voulais pas lui dire à *lui*, lâcha-t-elle enfin, mais à vous, je peux le dire. Dame Katherine n'est pas là. Elle est sortie tôt ce matin, pour se promener dans les jardins. Elle m'a dit qu'elle avait grand besoin de réfléchir."

» J'étais étonné. "Tôt ce matin ?" ai-je répété.

» "Oui. Ma maîtresse était très malheureuse hier soir, dit-elle en insistant bien sur les mots. Et elle a pleuré toute la nuit."

» Quand elle a dit ça, j'ai été pris d'un sentiment étrange. Ce n'était pas simplement de la honte et du chagrin à l'idée que Katherine ait été malheureuse. C'était de la peur. J'ai oublié ma faim et ma faiblesse. J'ai même oublié ma haine pour Damon. Il fallait agir vite, j'en avais la conviction. Je me suis tourné vers mon frère et je lui ai dit que nous devions retrouver Katherine. À ma grande surprise, il a juste fait oui de la tête.

» Nous sommes partis fouiller les jardins en appelant Katherine. Je me souviens très clairement de la scène. Le soleil brillait par-dessus les hauts cyprès et les pins. Damon et moi courions entre les arbres, jusque dans les moindres recoins, criant son nom...

Elena sentit les tremblements qui parcouraient le corps de Stefan. Sa respiration était haletante.

— Nous avions fait presque tous les jardins lorsque je me suis souvenu d'un endroit que Katherine adorait. Tout près d'un vieux mur, sous un citronnier. J'y suis allé en courant, sans cesser de l'appeler. Mais en approchant de l'endroit, je ressentis une... une peur... une terrible prémonition. Quelque chose me disait que je ne devais pas aller jusque-là.

— Stefan ! s'écria Elena.

Il serrait tant sa main qu'il lui faisait mal. Les tremblements étaient devenus soubresauts.

— Stefan, je t'en prie !

Mais il ne sembla pas l'avoir entendue.

— C'était... c'était comme dans un cauchemar, tout se passait au ralenti. Je ne pouvais plus bouger, et pourtant il fallait que j'avance, que je continue de marcher. À chaque pas, la peur s'accentuait. Je sentais l'odeur. Celle de la chair brûlée. Il ne faut pas y aller... je ne veux pas voir ça...

Stefan avait de plus en plus de mal à respirer, ses pupilles étaient dilatées, comme celles d'un enfant terrifié.

— Stefan, Stefan, tout va bien. Tu n'es plus là-bas. Tu es ici avec moi.

— Je ne veux pas voir ça, mais je ne peux pas m'empêcher de regarder. Il y a quelque chose de blanc. Quelque chose de blanc sous l'arbre. Ne me force pas à le regarder !

— Stefan ! Stefan ! Regarde-moi !

Mais il n'entendait plus. Il expulsait chaque mot dans un spasme, comme s'il ne contrôlait plus le débit de ses paroles, n'arrivait plus à parler assez vite.

— Je m'approche. Je vois l'arbre, le mur. Et cette chose blanche, juste derrière l'arbre. Blanche avec du doré. Alors je comprends, et j'avance parce que c'est sa robe. La robe blanche de Katherine. Je contourne l'arbre et je la reconnais, oui, c'est bien sa robe... mais Katherine n'est plus dedans.

Elena frissonna, elle était gelée. Elle voulut le réconforter par quelques mots, sans succès. Il continuait son histoire, comme si parler maintenait la terreur à distance.

— Katherine n'est pas là, mais sa robe est par terre et elle est pleine de cendres. Comme dans un foyer au petit matin, seulement là, les cendres sentent la chair brûlée. Les cendres puent. Et cette puanteur me rend malade. À côté d'une des manches se trouve un parchemin. Et sur une pierre, pas très loin, il y a une bague. Une bague avec une pierre bleue. Celle de Katherine... *Katherine, qu'as-tu fait ?*

La voix brisée, Stefan tomba à genoux, lâchant enfin Elena, et enfouit son visage dans ses mains. De violents sanglots agitèrent ses épaules.

Elena se pencha vers lui, l'attira contre elle.

— Katherine a ôté sa bague, murmura-t-elle. Et elle s'est exposée au soleil.

Elle le tint longtemps ainsi, caressant sa nuque tandis qu'il pleurait, et pleurait encore, murmurant des paroles apaisantes, refoulant sa propre horreur. Enfin, il se calma et leva la tête. Il eut du mal à parler, mais au moins avait-il rejoint le présent, était-il revenu à Fell's Church.

— Le parchemin était une lettre, pour Damon et moi. Katherine y écrivait qu'elle avait été égoïste de nous vouloir tous les deux. Elle disait aussi qu'elle ne supportait pas l'idée d'être la raison pour laquelle deux frères se haïssaient. Elle espérait qu'après son départ, nous ne nous détesterions plus. Elle s'est sacrifiée pour nous réunir.

Elena avait les larmes aux yeux.

— Oh, Stefan, c'est si triste... Mais après tout ce temps, ne vois-tu pas que ce qu'a fait Katherine était mal ? C'était égoïste, même, et elle a *choisi* de le faire. D'une certaine manière, cela n'avait rien à voir avec toi ou ton frère.

Stefan secoua la tête, refusant la vérité. Il était assis, maintenant, mais ses pupilles étaient encore dilatées et il avait l'air d'un petit garçon stupéfait.

— Non... elle a donné sa vie... pour ça. Nous l'avons tuée. Damon est arrivé derrière moi, a pris le parchemin et l'a lu. Ensuite... je crois qu'il est devenu fou. Nous étions fous tous les deux, à vrai dire. J'avais ramassé la bague de Katherine et il a essayé de s'en emparer. Il n'aurait pas dû. Nous nous sommes battus, nous nous sommes dit des choses terribles. Chacun reprochait à l'autre ce qui était arrivé. Je ne sais plus comment nous sommes rentrés chez nous, mais soudain, j'ai eu mon épée en main. Je voulais détruire pour toujours cet arrogant personnage, le tuer. Je me souviens que mon père criait de la maison. En l'entendant, nous nous sommes battus plus fort encore pour en avoir fini lorsqu'il arriverait.

» Nous étions de force à peu près égale, mais Damon avait toujours eu le dessus. Et ce jour-là, en plus, il fut le plus rapide. Alors, à un moment, il a déjoué ma garde, et j'ai senti sa lame me pénétrer le cœur.

» Il a enfoncé son épée jusqu'à la garde, d'un seul coup, très violent. J'ai senti la froideur du métal, la douleur profonde, très profonde, puis les forces qui m'abandonnaient, et je suis tombé. Voilà comment... je suis mort.

Il leva les yeux vers Elena, qui était figée.

— Damon s'est baissé vers moi, j'entendais les cris de mon père et des serviteurs, mais tout ce que je voyais, c'était le visage de Damon. Ces yeux plus noirs qu'une nuit sans lune. Je voulais lui faire payer ce qu'il m'avait infligé, et ce qu'il avait fait à Katherine... Alors j'ai levé mon épée et je l'ai tué. Avec ce qu'il me restait de forces, j'ai planté mon épée dans le cœur de mon frère.

L'orage s'était éloigné et, par la fenêtre cassée, Elena entendit les légers bruits de la nuit, stridulations des criquets, vent agitant le feuillage. Dans la chambre de Stefan, le calme régnait. Adossé à son lit, il avait fermé les yeux. Son visage était las, mais plus serein — il était soulagé d'avoir parlé, sans doute.

— Ensuite, je ne me souviens plus de rien, jusqu'au moment où je me suis réveillé dans ma tombe. Damon et moi avions reçu juste ce qu'il fallait de sang de Katherine pour nous empêcher de mourir réellement. À la place, nous avons changé. Nous nous sommes réveillés dans notre tombe, parés de nos plus beaux vêtements, allongés côte à côté sur une dalle. Nous étions trop faibles pour recommencer à nous battre. J'ai demandé à Damon s'il savait quoi faire, mais il est parti dans la nuit.

» Heureusement, nous avions été enterrés avec les bagues que Katherine nous avait données. Et j'ai trouvé la sienne dans ma poche. Je suppose qu'ils pensaient qu'elle me l'avait donnée. J'ai essayé de rentrer chez moi, mais c'était idiot. Les serviteurs hurlèrent en me voyant et coururent chercher un prêtre. Je me suis enfui vers le seul endroit où j'étais en sécurité : les ténèbres. Et j'y suis resté. J'appartiens au monde de l'ombre, Elena. J'ai tué Katherine avec mon orgueil et ma jalousie, et j'ai tué Damon avec ma haine. Mais j'ai fait pire que de tuer mon frère. Je l'ai maudit. S'il n'était pas mort, avec le sang de Katherine dans les veines, il aurait eu une chance de s'en sortir. Avec le temps, le sang aurait perdu de sa force, et Damon serait redevenu un être humain normal. Mais en le tuant, je l'ai condamné à vivre dans la nuit. Je lui ai pris sa seule chance de salut.

Il eut un rire amer.

— Sais-tu ce que veut dire le nom Salvatore, en italien, Elena ? Cela signifie salut, sauveur. C'est mon nom, et Stefan, c'est Étienne, le premier martyr chrétien. Pourtant, j'ai condamné mon propre frère à l'enfer.

— Non, murmura Elena avant de répéter, plus fort : Non, Stefan. Il s'est condamné tout seul à l'enfer. En te tuant, toi. Qu'est-il devenu, ensuite ?

— Pendant quelque temps, il a fait partie d'un bataillon de mercenaires dont l'activité principale consistait à mettre à feu et à sang tout ce qui se trouvait sur leur passage. Il a arpenté le pays en leur compagnie, se battant et buvant le sang de ses victimes. De mon côté, j'habitais aux portes de la ville, à demi affamé, chassant des animaux — j'étais devenu moi-même un animal. Je n'ai plus entendu parler de Damon pendant longtemps. Et puis un jour, j'ai entendu sa voix qui me parlait.

» Il était plus fort que moi, parce qu'il buvait du sang humain. Et parce qu'il tuait. Les humains possèdent l'essence de vie la plus forte qui soit, et leur sang donne de la puissance. De plus, quand on les tue, les pouvoirs de leur essence de vie sont décuplés. Peut-être parce que dans leurs derniers moments de terreur et de lutte, leur âme devient plus forte. Comme Damon tuait des humains, il pouvait tirer meilleur parti du Pouvoir que moi.

— Quel... pouvoir ? demanda Elena, intriguée.

— Un ensemble de pouvoirs, en fait. Un mélange de force et de rapidité, d'abord. Une acuité de tous les sens, aussi, surtout la nuit. Et puis la possibilité de... sentir les esprits. Nous sentons leur présence, et la nature de leurs pensées. Nous pouvons faire régner la confusion dans les plus faibles, les subjuguer totalement ou simplement les faire obéir à nos ordres. Il y en a d'autres. Avec suffisamment de sang humain, nous pouvons changer d'aspect, devenir des animaux. Et plus nous tuons, plus le Pouvoir est puissant.

» Dans mon esprit, la voix de Damon était parfaitement distincte. Il me disait qu'il était désormais le *condottiere* de son propre bataillon et qu'il revenait à Florence. Que si j'étais là à son arrivée, il me tuerait. Je l'ai cru, et je suis parti. Depuis, je ne l'ai vu qu'une ou deux fois. La menace est toujours la même, et il est chaque fois plus puissant. Damon a su tirer parti de sa nature, il semble être très fier d'appartenir au royaume des ténèbres.

» Mais c'est ma nature aussi. Je porte moi aussi les ténèbres en moi. Je pensais pouvoir dominer mes instincts, mais j'avais tort. C'est pour cela que je suis venu ici, à Fell's Church. Je pensais qu'en m'établissant dans une petite ville, loin des vieux souvenirs, je pourrais échapper aux ténèbres. Au lieu de quoi, ce soir, j'ai tué un homme.

— Non, dit Elena avec force. Je n'y crois pas, Stefan.

Cette histoire avait provoqué en elle l'horreur, la pitié... et la peur, aussi. Elle en était consciente. Mais son dégoût avait disparu, et elle était désormais sûre d'une chose : Stefan n'était pas un assassin.

— Que s'est-il passé ce soir, Stefan ? Tu t'es disputé avec Tanner ?

— Je... je ne me souviens plus. J'ai eu recours au Pouvoir pour le persuader de faire ce que tu voulais. Et puis je suis parti. Mais un peu plus tard, j'ai senti que la tête me tournait, et que je faiblissais. Comme chaque fois... La dernière fois que cela m'était arrivé, c'était dans le cimetière, à côté de l'église, le soir où Vickie Bennett a été attaquée.

— Mais ce n'est pas toi qui as fait cela. Tu n'aurais jamais pu faire une chose pareille... n'est-ce pas, Stefan ?

— Je n'en sais rien. Y a-t-il une autre explication ? Et puis, c'est bien moi qui ai bu le sang du vieil homme sous le pont, le soir où vous êtes parties en courant du cimetière, toi et tes amies. J'aurais juré en avoir pris juste assez pour qu'il s'en remette aisément, mais il a failli mourir. Et j'étais là lorsque Vickie et Tanner ont été attaqués.

— Mais tu ne te souviens pas de les avoir attaqués, dit Elena, soulagée.

Depuis un moment, une idée avait germé dans son esprit, et cette idée venait presque de se confirmer.

— Quelle importance ? Qui d'autre aurait pu faire une chose pareille, sinon moi ?

— Damon.

Il tressaillit, se raidit.

— Au début, j'ai espéré une explication de ce genre. Je me disais que peut-être il y avait quelqu'un d'autre, quelqu'un comme mon frère. Mais j'ai cherché, j'ai envoyé mon esprit sonder autour de moi, et je n'ai rien trouvé, aucune autre présence. L'explication la plus simple, c'est que c'est moi l'assassin.

— Non, tu ne comprends pas. Je ne veux pas dire que quelqu'un comme Damon est peut-être l'auteur de ces crimes. Je veux dire que Damon est ici, à Fell's Church. Je l'ai vu.

Stefan la regarda, incrédule.

— C'est forcément lui, reprit-elle. Je l'ai vu deux fois, déjà, peut-être trois. Stefan, tu viens de me raconter une longue histoire, maintenant, c'est à mon tour.

Le plus rapidement et le plus simplement qu'elle put, elle lui relata ce qui s'était passé dans le gymnase, puis chez Bonnie. Les lèvres de Stefan frémirent lorsqu'elle expliqua que Damon avait essayé de l'embrasser. Elle-même rougit en se souvenant de sa réaction, du fait qu'elle avait été sur le point de céder. Mais elle confia tout à Stefan.

Elle lui parla aussi du corbeau, et de toutes les choses étranges qui lui étaient arrivées depuis son retour de France.

— Et puis je crois qu'il était à la Maison Hantée, ce soir, dit-elle pour finir. Dans l'entrée, quelqu'un m'a frôlé. Il était habillé comme... comme la Mort, tout en noir, avec un capuchon. Je n'ai pas pu voir son visage, mais quelque chose dans sa démarche m'a paru familier. C'était lui, Stefan. Damon était là-bas.

— Cela n'explique quand même pas les autres fois. Vickie et le vieil homme. J'ai *bu* le sang de cet homme.

— Mais tu as dit toi-même que tu n'en avais pas bu assez pour qu'il se sente mal. Qui sait ce qui est arrivé à ce vagabond après ton départ ? L'attaquer à ce moment-là était extrêmement simple pour quelqu'un comme Damon, non ? Surtout s'il te suivait, t'épiait depuis longtemps, peut-être sous une autre forme...

— Sous la forme d'un corbeau, par exemple...

— Par exemple. Pour ce qui est de Vickie... Tu m'as dit que tu pouvais semer la confusion dans des esprits faibles, les subjuguer. N'est-ce pas ce que Damon aurait pu faire avec toi ? Subjuguer ton esprit comme tu peux subjuguer celui d'un humain ?

— Oui, tout en me cachant sa présence. Voilà pourquoi il n'a jamais répondu à mes appels. Il voulait...

La voix de Stefan retrouvait de sa vigueur. Reconstituer le puzzle des événements le stimulait.

— Il voulait provoquer ce qui est arrivé. Il voulait te faire douter, te faire croire que tu étais un tueur. *Mais c'est faux, Stefan.* Oh, Stefan, tu le sais, maintenant, et tu n'as plus à avoir peur.

Elena se leva, animée par la joie et le soulagement. De cette atroce nuit était sorti quelque chose de merveilleux.

— C'est pour cela que tu étais si distant avec moi, n'est-ce pas ? reprit-elle en lui tendant les mains. Tu avais peur de ce que tu pouvais me faire. Mais tu n'as plus à craindre quoi que ce soit, désormais.

— *Vraiment ?*

La respiration de Stefan était de nouveau haletante, et il fixa les deux mains tendues comme s'il s'agissait de deux serpents.

— Tu penses qu'il n'y a plus aucune raison d'avoir peur ? Damon a peut-être attaqué ces gens, mais il ne contrôle pas mes pensées. Et tu ne sais pas ce que j'ai pensé à ton propos.

— Tu ne veux pas me faire de mal, dit Elena, sûre d'elle.

— Ah bon ? Il y a pourtant eu des moments où je te regardais, dans la foule, et je supportais à peine le fait de ne pas pouvoir te toucher. Ta gorge blanche, avec ses veines bleu pâle à fleur de peau... elle était si tentante. Il y a eu des moments où j'aurais eu envie de t'attraper et de te prendre, là, au lycée.

La façon dont il regarda alors son cou lui rappela Damon, et elle sentit son cœur battre de plus en plus fort.

— Tu n'as pas besoin de me forcer, dit-elle. J'ai pris ma décision, Stefan. Je le veux.

— Tu ne sais pas ce que tu es en train de me demander, répondit-il, la gorge sèche.

— Je crois que si. Tu m'as dit comment c'était avec Katherine, Stefan. Je veux que ce soit la même chose pour nous deux. Je ne te demande pas de me changer, mais nous pouvons tout de même partager certaines choses, non ? Je sais combien tu aimais Katherine. Mais elle n'est plus et moi je suis là. Et je t'aime, Stefan. Je veux être avec toi.

— Tu ne sais pas de quoi tu parles !

Il s'était levé, furieux et inquiet à la fois.

— Si je cède une fois, qu'est-ce qui me retiendra de te changer, ou même de te tuer ? La passion est plus forte que tu ne l'imagines. Tu n'as pas encore compris qui je suis et quels sont mes pouvoirs ?

Elle le regarda sans rien dire, tête haute, sereine, ce qui sembla exaspérer Stefan.

— Tu n'en as pas encore assez vu ? reprit-il. Faut-il que je te montre d'autres horreurs pour que tu imagines ce que je peux te faire ?

Il alla jusqu'à la cheminée et tira de l'âtre un morceau de bois, plus épais que les deux poignets d'Elena. D'un seul geste, il le brisa comme une allumette.

— Tes os fragiles.

Il ramassa ensuite un coussin et, d'un coup d'ongle, en lacéra la housse de soie.

— Ta peau douce.

Puis il s'approcha d'Elena, fut sur elle en un éclair et la prit par les épaules. Il planta son regard dans le sien et, avec un sifflement sauvage qui la fit frémir, retroussa les lèvres.

C'était le même rictus que celui qu'elle avait vu sur le belvédère, révélant les mêmes dents blanches et les mêmes canines démesurées et pointues. C'était la gueule d'un prédateur, d'un chasseur.

— Ton cou si blanc, dit-il d'une voix déformée.

Elena fut pendant quelques instants incapable de faire le moindre mouvement, captivée par ce visage terrifiant. Puis, au plus profond de son inconscient, quelque chose reprit le dessus. Elle glissa ses bras entre ceux de Stefan et posa ses deux mains sur son visage. Ses joues étaient fraîches contre ses paumes. Elle le tint de cette façon, doucement, tendrement, comme pour lui faire sentir qu'elle réprouvait la dureté de ses mains sur ses épaules nues. Alors, lentement, elle vit la confusion s'emparer du regard de Stefan, qui se rendit compte qu'elle ne faisait pas cela pour le repousser ni lutter contre lui.

Elle attendit de le voir ciller, attendit que ses yeux la supplient presque. Elle savait que son propre visage était désormais débarrassé de toute peur, n'exprimait plus qu'une douceur intense.

Ils respiraient tous les deux sur le même rythme rapide, maintenant. Elle sentit qu'il se mettait à trembler, comme lorsqu'il avait évoqué le souvenir de Katherine. Alors, doucement, très doucement, mais délibérément, elle attira la bouche animale jusqu'à la sienne.

Il tenta de lui résister, mais la gentillesse d'Elena était plus forte que toute sa force inhumaine. Elle ferma les yeux et ne pensa plus qu'à Stefan, oubliant toutes les terribles choses qu'elle avait apprises de lui ce soir-là, ne gardant que le souvenir du Stefan qui avait si délicatement caressé ses cheveux. Et elle embrassa la bouche de prédateur qui l'avait menacée quelques instants plus tôt.

Elle sentit le changement, la transformation dans cette bouche tandis qu'il cédait, répondant malgré lui avec douceur à ses baisers. Elle sentit le frisson parcourir le corps de Stefan, puis sur ses épaules les doigts lâchèrent prise, et il l'enlaça tendrement. Elle sut alors qu'elle avait gagné.

— Jamais tu ne me feras de mal, murmura-t-elle.

Ce fut comme si leurs baisers effaçaient la peur, la désolation et la solitude en eux. La passion les enflamma comme un éclair dans un ciel d'été. Le cœur battant, le souffle court, Elena s'abandonna à la volupté de l'instant.

Le moment est venu, Stefan, pensa-t-elle. Et, très doucement, elle guida sa bouche jusqu'à sa gorge. Elle sentit ses lèvres effleurer sa peau, sentit son souffle tiède et froid à la fois. Puis elle sentit la morsure.

Mais la douleur disparut presque aussitôt, remplacée par un plaisir qui la fit vibrer. Une irrésistible vague de douceur la submergea et, à travers elle, submergea Stefan.

Lorsque, enfin, elle ouvrit les yeux, ce fut pour contempler un visage où plus un mur, plus une barrière n'était érigée contre elle. Alors elle se sentit faible.

— Me fais-tu confiance ? murmura-t-il.

Elle hocha simplement la tête. Il tendit la main vers quelque chose, près du lit. C'était la dague. Il la tira de son fourreau et pratiqua une petite entaille à la base de son cou. Le sang apparut, rouge comme les fruits du houx. Elena le regarda couler sans détourner les yeux. Et lorsqu'il l'attira contre la plaie, elle ne lui résista pas.

Il la tint un long moment dans ses bras tandis que, dehors, les grillons poursuivaient leur sérénade. Enfin, il bougea, se redressa.

— J'aimerais que tu restes auprès de moi, murmura-t-il. J'aimerais que tu restes pour toujours. Mais tu ne peux pas.

— Je sais, répondit-elle.

Ils avaient tant à se dire, tant de raisons de ne plus se quitter.

— Demain, reprit-elle en se lovant contre son torse. Quoi qu'il arrive, Stefan, je serai avec toi. Dis-moi que tu le crois.

— Oh, Elena, je le crois, souffla-t-il, le visage dans ses cheveux. Quoi qu'il arrive, nous serons ensemble.

[illegible]

— C'est dans [illegible] dit [illegible]

— Pas si longtemps que ça [illegible]. Peut-être [illegible]
Je n'ai jamais [illegible] entre [illegible]
[illegible]. Les [illegible] sont toujours [illegible].
— Fais attention [illegible]
d'humeur à [illegible] tes [illegible]

15

Dès qu'Elena quitta la pension, Stefan alla dans les bois. Il passa par Old Creek Road, jusqu'à l'endroit où il s'était garé le jour de la rentrée des classes.

Laissant là sa voiture, il tenta de retrouver l'endroit exact où il avait vu le corbeau. Grâce à ses instincts de chasseur, il reconnut la forme d'un taillis, l'emplacement d'une racine noueuse, et finit par déboucher dans la clairière bordée de vieux chênes. Là, sous une couverture de feuilles mortes, il y avait même probablement encore des restes de lapin.

Il inspira profondément pour retrouver son calme et, en faisant appel au Pouvoir, envoya une pensée.

Et pour la première fois depuis son arrivée à Fell's Church, il sentit l'amorce d'une réponse. Mais elle était faible, hésitante, et il ne put la localiser dans l'espace.

Il soupira, fit demi-tour... et s'arrêta net.

Damon était devant lui, bras croisés, adossé au plus gros des chênes. On aurait dit qu'il attendait là depuis des heures.

— C'est donc vrai, dit Stefan. Il y a bien longtemps que nous ne nous sommes vus, mon cher frère.

— Pas si longtemps que tu crois, *mon cher frère*, répondit Damon. Je n'ai jamais perdu ta trace, toutes ces années. Mais bien sûr, tu n'en savais rien, n'est-ce pas. Tes pouvoirs sont toujours aussi faibles.

— Fais attention, Damon. Fais très attention, ce soir, je ne suis pas d'humeur à supporter tes railleries.

— Saint Stefan se met en colère ? Eh bien, on aura tout vu. Sans doute es-tu désorienté à cause de mes petites incursions sur ton territoire. Mais je n'ai fait cela que pour me rapprocher de toi. Les frères se doivent d'être proches l'un de l'autre.

— Tu as tué, ce soir. Et tu as tenté de me faire croire que c'était moi l'assassin.

— Tu es sûr que ce n'est pas toi ? Peut-être avons-nous agi ensemble... Attention ! dit-il comme Stefan faisait un pas vers lui. Je ne suis pas non plus vraiment d'humeur à supporter tes histoires. Je n'ai eu qu'un petit prof d'histoire ratatiné. Toi, tu as eu une jolie fille toute fraîche.

Stefan se sentit bouillir de rage.

— Laisse Elena tranquille, murmura-t-il d'un ton tellement menaçant que Damon eut un mouvement de recul. Laisse-la tranquille, Damon. Je sais que tu l'as suivie elle aussi, que tu l'as espionnée. Mais ça suffit. Si tu t'approches encore une fois d'elle, tu le regretteras.

— Ce que tu peux être égoïste, alors. Ça a toujours été ton défaut, ça, d'ailleurs. Monsieur ne partage pas, n'est-ce pas ? Heureusement que la jolie Elena est plus généreuse. Elle ne t'a pas parlé de notre petite aventure ? Tu penses, la première fois qu'on se voyait, elle a failli me céder d'entrée, là, sur place !

— Menteur !

— Mais pas du tout, mon cher frère. Je ne mens jamais sur les choses importantes. À moins que ce ne soit sans importance ? Enfin, le fait est que la belle damoiselle s'est pratiquement abandonnée dans mes bras. Je crois qu'elle aime les hommes vêtus de noir.

Damon regarda son frère avec un grand sourire. Stefan avait du mal à contrôler sa respiration, il écumait de colère.

— Tu te trompes sur son compte, ajouta tranquillement Damon. Tu crois qu'elle est gentille, docile, comme Katherine. Mais c'est faux. Ce n'est pas ton type, cette fille. En elle brûle un feu dont tu ne saurais que faire.

— Tandis que toi, tu sais, je suppose.

Damon croisa les bras, et sourit de nouveau.

— Oh, que oui !

— Tu as raison sur un point, dit Stefan, maîtrisant son envie de frapper son frère, de lui ouvrir la gorge pour faire disparaître ce sourire arrogant. Elle est forte. Suffisamment pour te repousser. Et maintenant qu'elle sait à quoi s'attendre avec toi, elle n'hésitera pas à le faire. Tout ce qu'elle ressent pour toi aujourd'hui, c'est du dégoût.

Damon haussa les sourcils.

— Vraiment ? Nous verrons ça. Peut-être finira-t-elle par trouver les vraies ténèbres plus à son goût qu'un faible crépuscule. Moi, au moins, j'accepte la vérité sur ma nature. Mais je m'inquiète pour toi, petit frère. Tu sembles faible et mal nourri. Elle n'est pas à la hauteur de ses promesses, c'est ça ?

Tue-le, disait une voix dans l'esprit de Stefan. Tue-le, brise-lui le cou, ouvre-lui la gorge. Mais il savait que Damon s'était très bien nourri ce soir. La sombre aura de son frère, gorgée de vie, brillait presque de toute l'essence vitale qu'il avait absorbée.

— Oui, j'ai bu abondamment, en effet, dit Damon comme s'il avait lu dans les pensées de Stefan.

Il soupira et passa la langue sur ses lèvres à l'évocation de ce souvenir visiblement plaisant.

— Il était petit, mais contenait une étonnante quantité de jus. Pas aussi beau qu'Elena, et il ne sentait sûrement pas aussi bon, mais sentir le sang nouveau qui chante dans tes veines a toujours quelque chose de réjouissant.

Il fit quelques pas dans la clairière, regardant autour de lui. Stefan se souvenait de la grâce de ses mouvements, de la façon dont il contrôlait avec aisance chacun de ses gestes. Les siècles n'avaient fait qu'accentuer l'élégance naturelle de Damon.

— Ça me donne envie de faire ça, dit Damon en s'approchant d'un jeune arbre.

Il était deux fois plus haut que lui, et quand Damon l'attrapa, ses doigts ne firent pas le tour de son tronc. Mais Stefan vit le mouvement des muscles sous la chemise noire de Damon, et l'arbre sortir de terre, ses racines pendant tristement. L'odeur de la terre fraîchement remuée se fit aussitôt sentir.

— Il ne me plaisait pas, planté là, dit Damon en le lançant au loin. Et puis ça me donne aussi envie de faire *ça*.

Il y eut un tremblement dans l'air, comme une vague de chaleur, et Damon disparut. Stefan regarda autour de lui, mais ne le vit nulle part.

— Là-haut, petit frère !

Il leva la tête et trouva Damon perché sur une large branche de chêne. Mais celui-ci disparut presque aussitôt, dans un bruit de feuilles.

— Par ici !

Stefan fit volte-face en sentant la petite tape sur son épaule. Personne derrière lui.

— Ici !

Toujours rien.

— Non, essaie par ici, plutôt !

Furieux, Stefan brassait l'air, mais chaque fois, ses mains se refermaient sur le vide.

Ici, Stefan. Cette fois, la voix parlait à son esprit, et le Pouvoir qu'elle dégageait l'ébranla jusqu'au tréfonds de lui-même. Il fallait déployer une force gigantesque pour projeter des pensées aussi clairement. Lentement, il se retourna, pour trouver Damon à son point de départ, adossé au grand chêne.

Mais cette fois, l'humeur n'était plus à la plaisanterie. Son regard était d'un noir de jais, impénétrable, ses lèvres pincées en une moue méprisante.

De quelles autres preuves as-tu besoin, Stefan ? Tu es plus fort que ces pitoyables humains mais je suis plus fort que toi. Je suis plus rapide, aussi, et j'ai d'autres pouvoirs, que tu connais à peine. Je veux parler des anciens pouvoirs, Stefan, et je n'ai pas peur d'y avoir recours. Si tu veux te battre contre moi, je les utiliserai contre toi.

— Est-ce pour cela que tu es venu ? Pour me torturer ?

J'ai été clément envers toi. Souvent, tu as été à ma portée lors de tueries, mais je t'ai toujours laissé la vie sauve. Cette fois, c'est différent.

Damon s'écarta de l'arbre et continua à voix haute :

— Je te préviens, Stefan, ne t'oppose pas à moi. Peu importe la raison de ma venue. Ce que je veux maintenant, c'est Elena, et si tu essaies de m'empêcher de la prendre, je te tuerai.

— Essaie toujours.

En lui, la rage était plus ardente que jamais, et il savait que, d'une certaine façon, la puissance de cette rage menaçait Damon.

— Tu ne m'en crois pas capable ? Mais quand apprendras-tu ta leçon, petit frère ?

Stefan eut juste le temps de voir Damon secouer la tête, puis il y eut un nouveau tremblement dans l'air et il fut saisi par de puissantes mains. Il se débattit violemment, tentant de les repousser, mais Damon le tenait d'une poigne d'acier.

Il donna des coups dans tous les sens, tentant d'atteindre le point faible de son frère, sous la mâchoire, mais sans succès. Bientôt il fut immobilisé, les bras dans le dos, aussi vulnérable qu'un moineau dans les griffes d'un chat habile et leste.

L'espace d'un instant, il se fit poids mort, puis soudain, il banda tous ses muscles pour essayer de se libérer. Les mains cruelles ne firent que resserrer leur prise, réduisant à néant tous ses efforts.

Tu as toujours été têtu. Peut-être que cela te convaincra enfin. Des doigts lui saisirent les cheveux pour lui renverser la tête en arrière et exposer sa gorge.

Il se débattit comme il put. *Ne te fatigue pas*, lui dit la voix. Il y eut alors la morsure, les dents pénétrant la chair, et Stefan ressentit l'humiliation et le désarroi de la victime, de la proie. Vint ensuite la douleur du sang prélevé contre son gré.

Il refusa d'y céder ; alors la souffrance n'en fut que plus forte, ce fut comme si on lui arrachait son âme. Des lames de feu le transperçaient de part en part, particulièrement à l'endroit où Damon avait plongé ses dents. Son torse tout entier n'était que souffrance. Il se sentit pris de vertiges et comprit qu'il allait perdre conscience.

Et puis, tout à coup, les mains le lâchèrent et il s'écroula sur un tapis de feuilles mortes humides. Le souffle court, il se mit péniblement à quatre pattes.

— Tu vois bien, petit frère, je suis plus fort que toi. Suffisamment fort pour te prendre, prendre ton sang et ta vie si je le désire. Laisse-moi Elena ou tu mourras.

Stefan leva les yeux. Damon se tenait debout, le menton haut, les jambes légèrement écartées, tel un conquérant posant le pied sur sa victime. Dans ses yeux noirs brillait le plaisir de la victoire, et il avait encore du sang de Stefan sur les lèvres.

Souvent, au cours des siècles, Stefan avait regretté ce qu'il avait fait à son frère, avait ardemment souhaité pouvoir réparer ses fautes. Mais en cet instant, la haine qu'il éprouvait pour lui ne lui faisait que regretter de ne pas avoir été plus cruel encore.

— Elena n'est pas à toi, grogna-t-il en se relevant. Et elle ne le sera jamais.

Se concentrant sur chaque pas, il se mit à marcher. Il souffrait dans chaque partie de son corps, mais la honte qu'il ressentait était bien plus grande que la douleur.

Tu n'apprendras donc jamais, petit frère ?

Stefan ne se retourna pas, n'essaya même pas de répondre. Il serra les dents et continua d'avancer, malgré la faiblesse qui gagnait tous ses membres. Un pas, et encore un autre. Et un autre.

S'asseoir un instant, se reposer...

Encore un pas, et un autre... La voiture ne devait plus être loin, maintenant. Sous ses pieds, les feuilles mortes crissaient. C'est alors qu'il entendit un bruit derrière lui.

Il tenta de se retourner rapidement, mais ses réflexes ne répondaient plus, et ce mouvement brusque fut de trop pour lui. Les ténèbres l'engloutirent, il se sentit tomber, tomber pour toujours dans l'obscurité de la nuit absolue. Et puis, soulagé, il comprit que c'était fini.

16

SUR LE CHEMIN DU LYCÉE, Elena pressa le pas. Elle avait le sentiment de ne pas y être allée depuis des lustres. La soirée de la veille était comme un souvenir d'enfance dont sa mémoire n'aurait gardé que quelques bribes. Mais elle savait qu'aujourd'hui, elle allait devoir assumer les conséquences de ce qui s'était passé.

Déjà, elle avait dû répondre aux questions de Judith. Sa tante avait été bouleversée par la nouvelle du meurtre, et plus bouleversée encore d'apprendre que personne ne savait où se trouvait Elena. Lorsque cette dernière était enfin rentrée, vers deux heures du matin, Judith était morte d'inquiétude.

Elena n'avait pas pu lui expliquer. Elle lui avait simplement dit avoir passé tout ce temps avec Stefan, dont elle savait qu'il était accusé du meurtre et qu'il était innocent. Le reste, tout ce qui était arrivé, elle avait dû le garder pour elle. Même si sa tante l'avait cru, elle ne l'aurait jamais compris.

Ce matin, elle n'avait pas entendu le réveil, et maintenant, elle était en retard. Il n'y avait personne dans les rues, le ciel était gris, le vent venait de se lever. Elle mourait d'envie de voir Stefan, n'avait rêvé que de lui toute la nuit. Enfin, cauchemardé, plutôt.

Un des cauchemars avait été particulièrement impressionnant, parce que proche de la réalité. Stefan, pâle, en colère, lui montrait un livre et s'exclamait : « Comment as-tu pu, Elena ? Comment as-tu pu faire une chose pareille ? » Puis il jetait le livre à ses pieds et s'en allait. Elle l'appelait, le suppliait de revenir, mais il disparaissait dans l'obscurité. Et quand elle regardait le livre, elle voyait qu'il était recouvert de velours bleu. C'était son journal intime.

Un frisson d'agacement la saisit lorsqu'elle repensa à la façon dont il avait disparu. Mais que signifiait ce rêve ? Qu'y avait-il dans son journal qui pouvait faire réagir Stefan de la sorte ?

Elle l'ignorait. Tout ce qu'elle savait, c'était qu'elle avait besoin de le voir, d'entendre sa voix, de sentir ses bras autour d'elle. Sans lui, elle avait le sentiment d'avoir été dépossédée d'une partie d'elle-même.

Elle monta en courant les escaliers. Les couloirs étaient vides, elle se dirigea vers le département des langues étrangères car elle se souvenait que Stefan avait latin en première heure de cours. Le voir ne serait-ce qu'un instant lui ferait du bien, elle en était certaine.

Il n'était pas là. À travers le carreau de la porte, elle vit sa place vide. Matt était là, mais la tête qu'il faisait effraya Elena. Il ne cessait de jeter des regards pleins de crainte en direction de la place de Stefan.

Elle se détourna mécaniquement de la porte, et alla jusqu'à la salle de trigonométrie. Tous les visages se tournèrent vers elle lorsqu'elle entra. Elle se glissa le plus rapidement possible derrière le bureau vide à côté de Meredith. Mme Halpern se tut un instant, puis reprit son cours et se retourna vers le tableau. Elena regarda Meredith, qui lui prit la main.

— Comment te sens-tu ?

— Je ne sais pas, dit-elle platement.

Elle se sentait oppressée, comme si l'air autour d'elle se faisait rare et brûlant. Les doigts de Meredith sur sa main étaient secs et chauds.

— Meredith, est-ce que tu sais ce qui est arrivé à Stefan ?

Meredith écarquilla les yeux.

— Tu veux dire que tu n'en sais rien, *toi ?*

Elena eut tout à coup l'impression d'être sous l'eau, profond, très profond, et sans équipement de plongée. La pression était insoutenable, et l'air de plus en plus rare.

— Ils ne l'ont pas... arrêté ? demanda-t-elle.

— Elena, c'est pire que ça. Il a disparu. La police est allée à la pension tôt ce matin, et il n'y était pas. Elle est venue au lycée, aussi, mais personne ne l'a vu ici. On dit que sa voiture a été retrouvée abandonnée pas loin d'Old Creek Road. En fait, tout le monde croit qu'il s'est enfui parce qu'il est coupable.

— C'est faux, dit Elena en serrant les dents. Il est innocent.

Autour d'elle, les autres élèves la regardaient furtivement, à la dérobée, mais elle n'en avait que faire.

— C'est ce que tu penses toi, Elena, mais pourquoi serait-il parti, sinon ?

— Il n'a pas tué. Et il n'est pas parti. Jamais il ne serait parti de son propre chef.

Elle sentait quelque chose brûler en elle. La colère repoussait peu à peu la peur et le sentiment d'oppression. Sa respiration se fit plus courte.

— Tu veux dire que quelqu'un l'aurait forcé à fuir ? Mais qui ? Tyler n'aurait jamais osé...

— Forcé, ou pire.

Toute la classe était tournée vers elle, maintenant, et Mme Halpern était sur le point de dire quelque chose. Elena se leva tout à coup, les regardant sans les voir.

— Il le paiera, s'il a fait du mal à Stefan. *Il le paiera.*

Puis elle se dirigea vers la porte.

— Elena ! Elena, reviens !

Mais ni Meredith ni Mme Halpern ne purent la retenir. Elle enfila les couloirs d'un pas rapide et décidé, ne voyant que ce qu'il y avait devant elle, avec une seule idée en tête.

Tous pensaient qu'elle allait demander des comptes à Tyler Smallwood. Qu'ils perdent leur temps à courir dans la mauvaise direction, se dit-elle. Moi, je sais ce que j'ai à faire.

Elle quitta le lycée, prit la direction d'Old Creek Road. De là, elle tourna vers le pont Wickery et le cimetière.

Un vent hivernal souleva ses cheveux, balaya son visage. Mais le feu brûlait si fort dans son cœur qu'elle ne sentit même pas le froid. Elle savait désormais ce que signifiait être dans une colère noire.

Arrivée au centre du vieux cimetière, elle s'arrêta et regarda autour d'elle. Dans le ciel, les nuages couraient comme une rivière gris plomb. Les branches des chênes et des hêtres pourpres s'entremêlaient violemment. Une bourrasque souffla des feuilles mortes jusque dans son visage. C'était comme si le cimetière tentait de la dissuader de rester, lui montrait quels étaient ses pouvoirs, se préparait à lui faire subir une terrible épreuve.

Elena ignora tout cela. Elle fit volte-face plusieurs fois, son regard brûlant fouillant les moindres recoins, entre les tombes. Puis, dressée, sûre d'elle, elle hurla dans le vent. Un mot, un seul, mais qui le ferait venir, elle en était certaine :

— *Damon !*

Vous avez aimé *La naissance*,
découvrez la suite de la série
dans *Princesse des ténèbres*.

5481

Composition Nord Compo
Achevé d'imprimer en Europe (Allemagne)
par Elsnerdruck à Berlin
le 21 février 2000.
Dépôt légal février 2000. ISBN 2-290-30212-0
Éditions J'ai lu
84, rue de Grenelle, 75007 Paris
Diffusion France et étranger : Flammarion